Tiara Label

ティアラ文庫

白薔薇の花嫁
異国の貴公子は
無垢で淫らな令嬢に溺れる

丸木文華

プランタン出版

Contents

※本作品の内容はすべてフィクションです。

第一章　異国の男

ルリアネール・ギューゼント。愛称ルル。

ルルの指はいつでも踊っている。夜会は嫌いだけれど、指先だけはいつもダンスしているのだ。

考え事をしているとき、無意識のとき。いつでも気づけばルルの指は踊っている。行儀作法の先生にも散々言われた。けれど、誰かに指摘されても、止めることはできない。それは呼吸をするのをやめろと言われるのと同じことだ。ルルの指たちは生きている限り、勝手に踊ってしまうのだから。

今夜もルルの指が舞っているのは賑やかな広間ではなく、書物の白い紙の上。時折ずり落ちる眼鏡《めがね》を元の位置に戻す以外は、ルルの白い指先はいつでも本の上で楽しげに旋律を奏でている。

「ルルったら、またこんなところに一人でいて」

「サリア」

友人の声に顔を上げると、そこには幼馴染のサリア・サリ・ラーストが美しい木槿色《むくげいろ》のデコルテを着て立っている。琥珀色《アンバー》の髪に緑玉《エメラルド》の瞳。美しい伯爵家の長女サリアは社交界の華だ。

目の前に誰かが立つ度に、ルルは緊張する。けれどそれがサリアだとわかると、ふんわりと温かな心地に包まれる。

「どこにもいないから、どうせまたバルコニーで本を読んでいるんだろうと思ったら、案の定ね」

「すみません。あの喧騒の中にいると、どうしても頭がいっぱいになって、どうにもならなくなってしまうんです」

「そうよね。最初に夜会に来たときは、硬直してしまってまるで彫像みたいだった。思い出すわ」

サリアは鈴を転がすような声で笑うが、ルルにとっては笑い事ではなかった。

社交界デビューした日、初めて夜会服を着て訪れた宮殿で、たくさんの人々に話しかけられ、楽団はずっと音楽を奏でているし、食事の音、衣擦れの音、何もかもがルルの頭に一度に入ってきて、処理しきれずに凍りついてしまったのだ。

「あんなのは、もうたくさんです。私はここにいた方がいい」

「知っているわ。ルルは静かな場所が好きなんでしょう。私も本当はそうよ。でも、少しも慣れることはできないの？　そんなに綺麗なドレスを着ているのに、全然踊らないなんてちょっともったいないような気がするけれど」

「できません。別人にでも生まれ変わらない限り」

率直に答えるルルに気分を害することなく、サリアは笑う。ルルが婉曲表現《えんきょくひょうげん》を使えず、こういう受け答えしかできないことを知っているからだ。

「相変わらずね、ルル。わかったわ。それにしても寒くないの？　早春の夜は冷えるわ。何か温かい飲み物でも取ってくる？」

「いいえ、いりません。ありがとう、サリア。私は毛皮のケープを羽織っていますし、寒くはありません」

「そう。体を冷やして風邪をひかないようにね」

いつも通りの会話を交わし、サリアは広間へ、ルルはバルコニーの椅子に留まって読書を再開する。

ルルは夜会だけでなく、人の集まる場所が大の苦手だった。音を必要以上に拾い過ぎてしまうルルの耳は、多数の人々が会話したり、同時に音楽が鳴っていたりすると、情報を整理し切れなくなってパンクしてしまう。

(夜会にだって本当は全然来たくないのですけれど、お父様のお言いつけなので仕方がありません)

今年十八歳になるルルは、ようやく社交界デビューしたばかりだ。二年前から父、アーカスタ・ギューゼントに急かされていたのだが、ギリギリまで引き延ばしていたのだ。

今年は婚約者のエルシと結婚する予定なので、その前に世間へ顔見世をしなければということで、渋々夜会などへ繰り出すことになった。

けれどルルは最低限の挨拶をした後は、誰とも交流せず、飲み食いもせず、もちろんダンスもせず、いつも一人きりになれる場所を求めて徘徊し、そこで時間が過ぎるのを待つばかり。

公の場所に出る前から、家同士の交流などですでに変わり者の令嬢として知られていたルルは、大したお咎めもなく、そのまま放置されている。

父も、ルルがこういった場に出向きさえすれば後は無関心だし、ただ「出席しろ」としか言わないので、ルルは言いつけどおりに夜会に出向き、いつでも読んでいる最中の本を小脇に抱えて、それを読み終えるためにやって来るのだった。

（本当に、無意味で、何の益にもならない時間の浪費です。ギューゼント家は貴族でもないのだし、無理に参加する必要など本来はないというのに、私が公爵家のエルシと結婚することになってから、お父様はやたらと張り切ってしまわれました。私が文句を言える立場ではないけれど、私がここにいることで一体誰が得をするというのでしょうか）

ルルの婚約者、エルシ・サリ・デンペルスはこのコサスタ王国でも古い歴史を持つ由緒正しい公爵家の次男だ。

現在の王族であるティンザー家に支配される前の王の血筋で、素晴らしい伝統を持ち、本来ならば平民の娘であるルルとなど結婚することはあり得ない高貴な立場である。

しかしコサスタ王国では最早《もはや》階級社会が豊かさとイコールではなくなっていた。戦を繰り返し周辺地図が頻繁に塗り替えられていた血なまぐさい時代は終わり、それぞれの国が自立し豊かさを追求するようになった果てに、文化は成熟し民は平和を謳歌《おうか》し、貴族がその地位の上にあぐらをかき、ただ爵位を持っているだけで富が集まってくるような制度は前時代的とされてなくなってしまった。

ゆえに、近年では貴族同士で婚姻関係を結ぶのが当たり前ではなくなり、貴族は富を、富裕な平民はブランドを求め、身分の垣根を超えた結婚が増加の一途を辿っていた。

ルルのギューゼント家は、父、アーカスタが興じた宝石商であり、一代で成り上がり巨万の富を築き上げた。今では古くから存在する同業者たちを押しのけ、ちゃっかり多くの貴族や王家御用達の国随一の宝石商の座に収まっている。まさしく成金であり、敵も多い。ゆえにアーカスタは家の名を貴いものとする歴史ある地位、栄誉を切望していた。

一方、エルシのデンペルス家は長い歴史のある公爵家、旧王家でありながら、制度の改正のために数々の特権を失い、資産が少しずつ減り、現在表には見せぬが実情では困窮に喘いでいる。

よって、両家が婚姻によって結びつくことは、双方にとって利益のある慶事であった。

「あ、エルシ様がいらしたわ！」

広間の方から、華やいだ声が聞こえてくる。令嬢たちの黄色いざわめきがバルコニーにいるルルにまで伝わり、婚約者のエルシがやって来たことがわかった。

挨拶くらいはするべきなのだろうか、とルルは迷う。しかしすぐ近くで始まった密やかなお喋りに、体が硬直してしまう。なぜ声を潜める喋り方というものは、却《かえ》って周囲によく聞こえてしまうのか。

「エルシさまもお可哀想。よりによって、あの変人ルルと結婚されるのよ」

「本当に、災難としか言いようがないわね。確かにギューゼント家は国内でも有数の資産家だけれど、それにしたってあんな妙な子と夫婦にならなくてはいけないなんて……。ギューゼントにだって他に娘たちがいるでしょう？」

「さあね、丁度よい年頃というだけで選ばれたのではないの？　あの高潔なエルシ様が成金のギューゼントに……なんて想像するだけでも悲しいけれど、皆の憧れの方が『あの』ルルとだなんて……この世を呪ってしまうわ」

喋っているのは貴族階級の令嬢たちなのだろう。ギューゼント家を成金と蔑《さげす》んでいるからだ。

（別に気にしません。いつものことですから）

そう自分に言い聞かせても、勝手に傷ついてしまう心の動きはどうしようもない。

彼女たちに言われずとも、当のルル本人だって同じように思っているのだから、世の中うまくいかないものだ。

ルルはギューゼント家の五番目の末娘である。アーカスタが愛人に生ませたのがルルで、幼い頃母親が病で亡くなってしまったために本家に引き取られたのだった。

子どもの頃から変わり者だったルルは、ギューゼント家という後ろ盾のためにいじめられこそしなかったが、友達など一人もできず、煙たがられ、冷笑される存在だった。

ルルの方でも一人で本を読んでいるときの方がよほど楽だったので気にも留めていなか

ったが、そんな中で、ただ一人、声をかけてくれて、友人になってくれたのがサリアなのである。

ルルが特別というわけではなく、サリアは誰にでも分け隔てなく優しく接する人柄だった。誰もがサリアを好ましいと思っている。もちろん、それはルルの婚約者、エルシとて同様だ。

「ルル、こんなところにいたのかい。探したよ」

「エルシ」

ハッとして立ち上がる。同時に、膝に置いていた本がバサリと音を立てて落ちた。

エルシは優雅な動作でその本を手に取る。表紙を眺めて、「これは僕には読めないな。随分古い言語だろう」と肩をすくめた。コサスタ王国の公用語ではなく、隣国のトスケ王国の古語で書かれていたからだ。

エルシがいるだけでその場が明るく華やぐ。人が自然と集まり、和やかな空気が流れるのだ。朝焼けの太陽が纏《まと》う黄金の光そのもののブロンドに、雲ひとつない空のような澄み渡る青い瞳は、さながら青玉《サファイア》のように輝いている。

美貌に加え品行方正な青年であるエルシは由緒正しいデンペルス家の次男だが、四角四面の真面目なだけが取り柄の長男よりも、社交界ではよほど人気を集めていた。

ルルの唯一の友人、サリア同様に、エルシは皆に愛されている。そして、サリアが特別な気持ちを彼に抱いていることも、ルルは知っていた。

「ここにいるのをサリアに教えてもらったのですか」

「いいや、自分で見つけたんだ。何しろ君は目立つからね。そんな風に夜の帳《とばり》をバックにして立っていると、さながら輝く月のように美しいよ。眩《まぶ》しいくらいだ」

「私は美しくなんてありません。眩しく見えるのは、単純に私の色素が欠落しているからでしょう」

「君にかかると美への称賛も形なしだな」

エルシはサリアのように、ルルの事務的で客観的なだけの、切って捨てるような物言いにも笑顔で返す。そして他の誰にも向けないような慈悲の籠もった温かな目でルルを見つめるのだ。

「でも、いいんだ。そんな偽りを知らない率直な君が、君なのだから。そして僕は、純白のものを美しいと感じる。君は心も体も真の白そのもので、この世の何よりも美しいよ。その素直な心を口にしただけなんだ」

エルシの言う通り、ルルは闇夜に佇めば月かと思うように白くぼうっと光り輝く。それは、ルルがコサスタでも珍しい水晶《クリスタル》のような銀髪であるからだ。そして、不健康なほどの青白い肌に、青みがかった灰色の目は、色彩を忘れ去ってしまったかのようだった。

（エルシは美しいと言ってくれますが、私はこんな見た目は少しも好きじゃありません）

エルシのように、ルルの外見を綺麗だと言ってくれる人もいる。けれどルルにとっては、まるで亡霊のようだと感じる姿だ。

血の通った温かな色がひとつも自分には存在しない。肖像画を描かれても、きっとぼんやりと白いものがキャンバスに宿るだけだろう。白い服などを着ると本当に紙の人形のように見えてしまう。けれど父アーカスタはエルシがルルの白いことを何より喜ぶのを知っているので、夜会服も白や銀の色調のものばかり作らせる。

周りから見えないもののように扱われることも、ルルがこの真っ白な外見を嫌う原因のひとつだった。子どもの頃からそうだ。家族にも存在していないかのようにみなされ、外では触れないよう、目も合わせないよう、皆が通り過ぎていく。

時々それを強く感じて悲しくなるが、誰にも顧《かえり》みられないことは気楽でもあった。ルルも他人が好きではない。嫌いではないが、どう接すればいいかわからない。反応を求めず拒絶もせず、婉曲のような意味のわからない技法を『常識』として強《し》いてくることもなく、ただ明確な事実として存在する書物だけが、唯一のルルの拠り所だった。

はたと、周囲の視線がそれとなく自分たち二人に注がれていることに気がついた。多くは、ルルに向けられる令嬢たちの突き刺すような冷たい眼差しだ。

多くの人に見られることが苦手なルルは、思わず後ずさる。

嫉妬、悪意、憎悪。ルルはあらゆる負の感情を敏感に感じ取ってしまう。

そのとき、一人の令嬢がついと進み出て、エルシの袖をささやかに引いた。

「エルシさま。お話し中失礼いたします……。異国にて仕事をしておりましたわたくしの父が久しぶりに帰国しまして、ぜひエルシさまに挨拶をしたいと申しているのですが」

「ああ、そうですか。それでは、今参りましょう」

ルルにではまた、と丁寧な礼をし、エルシは去って行った。そしてすぐに周囲のルルへの関心は薄れ、再びの静寂がやってくる。

ルルはホッとした。

(怖かった……。エルシが優しいのは嬉しいのですけれど、彼といると周りの視線がとても怖いのです。どうしてあんな恐ろしい目で私を見るのでしょうか……私は彼女たちに何もしていないというのに)

エルシへの挨拶も済ませたのだし、これでようやく本当に一人になれるだろう。後は夜会が終わる頃に適当な時間で帰ればいいだけだ。ルルはそう安堵し、再び椅子に座って本を開いた。

だがしばらくすると、今度は何やら密やかな男たちの話し声がルルの耳に届いた。

怪訝《けげん》に思って本から顔を上げると、隣のバルコニーで見慣れない長身の男が従者らしき男と喋っている。服装はコサスタとは明らかに異なる、袖の長いガウン風の、上等な生地に金糸などで豪華な刺繍を施した美しい衣装だ。

そして彼らの話す言語に、ルルはハッとした。

現代では滅多にない、雅やかな旋律。緩やかな抑揚。素晴らしい竪琴を掻き鳴らしたかのような舌の響き。

(トスケ王国の古語……！　まさか、そんな。現代ではマイナーな学問でしかなく、生活で使用するトスケ人などほとんどいないというのに！)

ルルも書物で学んだだけで実際に喋る人間を見たことはない。こんなことがあり得るのだろうかと、ルルは興奮で真っ白な頬に血の気をのぼらせた。

夜会のドレスにも、きらびやかな宝石にも、美味《おい》しい食事や美しい音楽、魅力的な異性にもまるで興味を覚えられないルルが、唯一関心を傾けるのが言語である。

幼少の頃から貪るようにあらゆる言語の本を読み続け、今では自然と十五ヵ国の言葉を理解するようになった。日常会話だけ、簡単な文章を読むだけと、つまみ食いした言語を合わせれば、もうそれは何ヵ国になるのかわからない。

トスケ王国の古語はその部類に入る言葉で、発音は音声記号などで理解しているものの、すでに現在では使われていない言語であるため、実際に練習する機会がなかった。

「す、すみません！」

耐えきれず、ルルは思わず彼らと同じ言語で喋りかけた。

男たちは鞭打たれたようにサッと警戒感を走らせ、ルルを一瞥する。

振り向いた男の目は、夕焼けの太陽が纏う神秘的な光のような、見事な黄金色だった。褐色の肌に漆黒の波打つ黒髪。宵闇をバックにしていると、まるでその瞳だけが太陽の如く輝いているように見える。

白い肌の者がほとんどであるコサスタでは目立つ容姿だが、昨今は移民も多く、街を歩く人々も様々な色彩を持つ者が増えてきた。

それでも、このような夜会の場では珍しいことに変わりはない。異国の貴族や富裕層が入り混じっていることもよくあるが、大多数はコサスタ貴族の交流の場なのである。

しかし興奮しているルルには、満足に男の外見や、そして彼の緊張感を把握することはできない。

「あの、あなた方の喋っておられるのは、トスケ王国の古語ですよね？」

「……ああ、そうだが」

「そ、そ、そうですよね！　ああ、なんてことでしょう。すみません、私はこれを使い慣れていないのできっとおかしいかと思いますが……」

「現代のトスケ語で結構だ」

「そうですか！　ありがとうございます！」

トスケ語ならば母語であるコサスタ語とほぼ同等に喋れる。男の許しを得て、ルルは気になっていることを矢継ぎ早に質問した。

「あの、私が本で読んで学んできたトスケ古語とはいくつか違う箇所が見受けられたのですが、それはなぜなのかお教え願えますでしょうか。具体的に言いますと、トスケ古語には前舌《まえじた》かつ非円唇狭母音《ひえんしんせまぼいん》とそれ以外では必ず対応する接尾語などが異なる、非常に整然とした法則があるはずですが、今伺っていた口語ではそれらが多少乱れているように感じました。それと、現代トスケ語では所有接辞《しょゆうせつじ》がありますが、古語では……」

「ああ、ちょっと待て。頼むから待ってくれ」

男は自らの額を押さえて、ルルに向かって鎮まれというように手を上下に振る。

ルルはなぜ遮られたのかわからず、しかし男に待てと言われたので、餌を目の前にした犬のように大人しく待っている。

男は重々しくため息をつき、じろじろとルルを観察してから、ああ、と声を漏らした。

「そうか。この白亜の邸宅では君の色が溶け込んでしまい、そこにいることに気づけなかったんだな。しかも座っていたから手すりに遮られて……。夜会でバルコニーに一人でじっとしている者がいるとは考えていなかった。コサスタでも今の時期、普通に夜は冷えるからな」

「確かに夜会は多くの人々にとって会話や踊りを楽しむ場所ですが、バルコニーで本を読んではいけないという決まりはありません」

「その通りだ」

ルルの答えのどこが面白かったのか、男はクスッと小さく笑った。

「まず君の名前を聞こうか。俺の名はオラント・デュマン。見ての通り、トスケ王国から来た者だ」

「私はルリアネール・ギューゼントです。面倒な名前なのでルルとお呼びください」

「なるほど、ルル。君は随分トスケ語が堪能だが、古語もわかるのだな。驚いたよ」

「それはこちらの台詞《せりふ》です。トスケ古語など、今ではトスケでも喋る人はおらず、学問として残っている程度です。それも使い道がないからと人気がなく、教養として王族や一部の貴族くらいしか学ぶ者はいないと聞きました」

オラントと名乗った男は、従者と顔を見合わせた。

「その通りだ。君は随分物知りだな」

「私は言語に関することしか知りませんので、物知りとは言えないかと」

「いやいや、十分だ。君にとても興味が湧いたよ。こちら側に来ないか」

離れたバルコニー越しに会話をしているのは確かにやや不便である。ルルはオラントに言われた通り、こそこそと中に戻って、オラント側のバルコニーに移動した。

「やあ、初めまして、ルル。君と会えて嬉しいよ」

目の前に立つと、オラントは小柄なルルに比べて随分と背が高い。

トスケは平均身長はコサスタよりもやや上だが、こんなに大柄な男も珍しいのではないか。身の厚さやどっしりとした腰つきなど、骨格そのものがこの国の者とは違い、なるほど異国の人間であるとルルはまじまじと観察してしまう。

近くにいるとムスクにも似たトスケ特有のスパイシーな香水の香りと、男の体臭が混じった独特な匂いが漂う。あまり強い匂いは好まないルルだが、オラントの香りはふしぎと不快ではない。

「先程いらした従者の方はどちらですか」

「従者とわかったのか」

「ええ、身につけているものとあなたへの態度からそう判断しました」

「そうか。彼は少し用事があるので出て行ったよ。気にしなくていい。立ち話も何だから、まずは座ろうじゃないか」

促されて長椅子に腰掛けるが、二人用の椅子がオラントと座ると随分窮屈だ。人と触れ合うのが苦手なルルは圧迫感を覚えたが、とにかくトスケ古語の話が聞きたかったので、必死で我慢する。

「オラント、あなたはなぜトスケ古語が喋れるのですか。あんな母国語レベルで古語を操っている人なんて見たことがありません。従者の方も」

「本当に言語の話が好きなんだな。まあ、俺に関しては近所のじいさんが古語を喋る変人だったんだよ。それで覚えた。だから君の言っていた正確な文法だとかそういうものとはまた違うと思う」

「まだ喋れる方がいたのですね！　それはかなり貴重です。それで地方の訛《なま》りのようなものが加わって書物に残されている古語とは違いが生じたのでしょうか」

「そうかもな。言葉は生き物だ。使われていく内に徐々に変わってゆく。今では君の言う通り喋れる人間が少ないから、内緒話のときなんかは助かるんだ。だから君みたいな人がいるとびっくりするけどね」

「そうですか。しかし内緒話は他に誰もいない場所でするべきです。どこでもその言語がわかる人間がいる可能性はゼロではありませんから」

　至って真面目にアドバイスをしたつもりが、オラントはいかにもおかしなことを聞いたように声を上げて笑っている。

「君は本当に面白いなあ、ルル」

「面白いことは言っていませんが……」

「面白いよ。君みたいな人には会ったことがない。そうだ、乾杯がまだだったな」

　オラントは少し中へ入り、グラスを二つ持って帰って来る。

　ルルはアルコールが飲めないので断ろうとしたが、「ほんのおしるしだけだ」と押し切られ、やや緑がかった琥珀色の液体の満ちるグラスを持たされてしまった。

「二人の出会いに」

　そう言ってグラスを合わされて、オラントに飲むよう促される。仕方なく少しだけ口に含むと、甘い芳醇《ほうじゅん》な味わいが口の中で細かく弾けた。

「アルコールは久しぶりなのか？」

「ええ。苦手だとわかってから一度も口にしていません」

「そうか。でもこれはジュースみたいで美味《うま》いんじゃないか」

「そうですね。これは美味しいと思います」

勧められるままに二口、三口と飲んでしまう。最初に飲んだときはただ強い衝撃を感じて二口目など飲めたものではなかったが、この甘い液体はアルコールを含んでいるのかと訝《いぶか》るほどに飲みやすい。

「しかしどうしてバルコニーであんなに静かにしていたんだ？　具合でも悪いのか」

「いいえ、私は夜会に来るといつもこうなんです」

「いつも？　そりゃ驚いたな。じゃあ、一体何のためにここへ？」

「父に言われているからです」

「夜会へ行けと？　なぜ」

「婚約者がいるからです。彼が恥ずかしくないようにせめて参加だけでもしろと言われています。ですので、参加はしているのです」

「つまり君は夜会は嫌いだが、お父上に言われて最低限の参加をしているのだと」

「そういうことになります」

父、アーカスタは常にルルに言い聞かせてきた。

『この家の栄光はお前にかかっているのだ、ルル。お前がエルシ殿と結婚することで、ギューゼント家の地位は揺るぎないものとなる。お前はとても大事な役割を担っているのだ』

（お父様はエルシの話をするときだけ、私を見てくれます）

愛人の子として引き取られたルル。ギューゼント家の者として恥ずかしくないようにと、様々な習い事をさせられ多くのことを指導されたが、ルルには何ひとつまともにこなすことはできなかった。

やがて皆が呆れてルルを放り出したとき、彼女の居場所は家の書庫になった。暇さえあれば書庫に引きこもり本を読んでいる。そこで勝手にいくつもの言語を覚えたが、誰もそれを気にかける者はなかった。

未だ上流階級の女が仕事をすることは恥と思われているこの国では、女が何カ国語喋ることができようと無意味だったからだ。周辺国の言語くらいは嗜《たしな》みの内だったが、それよりも、行儀作法やダンス、歌、楽器、裁縫、社交術などをこなすことが重要だった。

だが女として最も大事なのは、結婚して子を成し、育てることである。人と目も合わせられずまともな会話もできず挙動不審で、一人で本ばかり読んでわけのわからない言葉を喋るルルが結婚などできるはずもないと思われ、その時点でルルに価値はなかった。

しかし、どういうわけかルルはエルシの婚約者となったのである。エルシ本人が、ルルを選んだのだ。

ルルの唯一の拠り所であり、その一言でルルの運命を決めることができる父は、この変わり者の娘に、何よりもエルシとの結婚を最優先するようにと命じた。

『何事も、エルシ殿の意に沿うように。言われた通りにしていれば何の問題もない。エルシ殿はお前を気に入ってくださっているのだから、そのお気持ちを損ねないように』

(そう、私はエルシを第一に考えなくてはいけません。その規則がまず最優先。お父様は明確な指示を与えてくださいました。私はそれに従っていればいいのです)

具体的な命令をされることはありがたい。ルルは婉曲表現や空気を読むことなど、言外の意図を察することがとても苦手だ。すべて言葉の通りにしか解釈できないので、ストレートに物を言ってくれた方がずっとよく理解できる。

「しかしここにこうしているんじゃ、夜会に参加していると言っていいのかわからんな」

「いいのです、婚約者にも挨拶は済ませました。これ以上のことは私にはできません」

「その婚約者とダンスはしなくてもいいのか？　同じ場所にいるのに、挨拶だけしておしまいなのか」

「夜会に参加するという以外に具体的な指示をされていませんので。彼も忙しいので私にだけ構ってはいられません。私が彼といて有益なことは何もありませんし、私の父も私の能力を知っていますので、必要最低限以上のことは求めていないと思われます」

オラントはまじまじとルルを観察する。

「なるほど、婚約者といっても、純粋に家同士の契約のようなものなのかな。君はその相義ですので」

「結婚は義務です。女性であれば必須です。結婚し子を成し家を存続させることが存在意義ですので」

「君はそのような枠に嵌められるような人には思えないが」

「ええ、私もそう思っていました。ですが婚約者として求められた以上は責務をまっとうしないといけません。何よりこれは父の命令です。私の生活費はすべて父が出しています。父の言うことは絶対です」

「ふふ、そうか。そう言われるとわかりやすいな。まあ、君ならば他に活路を見出すことも可能だとは思うが、コサスタでは無理か……」

オラントはやや同情的な眼差しでルルを見た後、ふとおかしそうに頬を緩めた。

「しかしこの国はそういった前時代的な風潮がありながら、男女関係にはなかなか緩いのがふしぎだ。婚前交渉は普通だと聞くし、年頃になって恋人の一人もいなければ、人格に問題があるのではと捉えられる。結婚後も愛人の一人や二人を持つのはむしろ上流階級では男女ともに嗜みとさえ聞く。姦通罪も存在しないし、実に興味深いお国柄だな」

「オラント、あなたの言っていることはよく理解できません」

「女性によき嫁、よき母であれと強制する一方、貞節を求めていないことが面白いと言ったのさ。通常、女を子作りの道具としか捉えていない場合、人権も軽視され行動を制限されているものだ。ところが、この国では性に関して女性も奔放であることを許されている。家の『もの』でありながら、他の種を孕《はら》んでしまう可能性があることはどうでもいいらしい」

ルルは首を傾げた。

（確かに私の亡き母もお父様の愛人でした。でも、公式にその関係が許されていたなんて聞いたことはありません。そんな状況が蔓延しているとも思えないし……オラントは何の話をしているのでしょう）

これもまた、皆の言う『暗黙の了解』というものなのだろうか。

ルルには言葉に隠された意味がよくわからない。はっきりと直接的に言ってくれないと理解できないのだ。だからもしもオラントの言うようなことが現実にあるのならば、友人もほぼおらず隠語も解さないルルには知り得ない世界である。

「そういったことは私にはわかりません。ですが、私は父に純潔であるようにと固く言いつけられています」

「そりゃ、どこの父親もそう言うだろう。自分がどれだけ不倫していようが、愛する娘にだけはいつまでも幼く愛らしくあって欲しいものだ」

「いいえ、そういう感情面からのことではありません。私の婚約者がそう強く希望しているからです」

「そうなのか。それは表向きのことだとは思うが……」

まあ、もっと飲めとオラントは気づけば空になっていたルルのグラスを奪い、二杯目の飲み物を持ってくる。もういらないと思っているのに、魅惑的な甘い香りが漂うと、どうしても再び口をつけてしまうルルである。

「とりあえず、君がどうしてここにいるのかはわかった。運よく面白い令嬢に出会えて俺は嬉しいよ」

「そういうあなたはなぜここにいるのですか、オラント」

普段は他人の行動になどまったく興味が湧かないルルだが、流暢《りゅうちょう》にトスケ古語を操る彼のことは多少なりとも気になった。また、久しぶりに飲んだアルコールの影響も大きいかもしれない。普段ならば初対面の人間とはまともな会話も難しいが、言語への興味と酔いと火照《ほて》りがルルを変えていた。

「俺か？　俺は見聞を広めるために外遊中なのさ。その途中でここに招待された」

「招待、ということは、やはりあなたはトスケの貴族ですか」

「まあ、そんなようなものかな。やはりっていうのは、君は俺の身分をわかっていたのか」

「まず第一にトスケ古語は富と時間を持て余した階級の人間しか学ぶことはありません。そしてお連れの方の言葉遣いからあなた方が主人と従者であると判断したことと、あなたの服装から、身分の高さが窺い知れました」

「裕福な平民という可能性もあるんじゃないか」

「裕福でも平民であれば、まず実用的な言語を学ぶでしょう。それに、あなたの現代トスケ語の特徴として、限られた上流階級の間でしか見られない発音があります。富裕な平民もそういった発音を学ばせようとわざわざ教師を雇って子どもに習わせることもあるようですが、それだけでは身に着けられない、訛りの一切ない純粋な発音です。具体的に言うと、平民では弾音《だんおん》もしくは声門閉鎖音《せいもんへいさおん》になる発音があなたは」

「待て待て、頼むから待ってくれ。わかった、君の言っていることは正しいよ、ルル。完璧な推察だ」

二度目の中断に、ルルは思わずムッとする。最初もトスケ古語のことを話そうとして止められた。結局、喋りたかったことはほんの少しだけしか口にできていないままだ。

「……オラント、あなたは私が言語のことを喋り始めると必ず遮ります。私はもっと喋りたいのに、強制的に止められるととても気持ちが悪いです」

「あのな。君は言語学のことになるとあまりに専門的になるんだ。俺にはわからないから話を中断した。君だって興味のないお喋りをしたくないから、こうして夜会で他人を避けてバルコニーにいるんだろう?」

それはその通りだった。聞きたくもない興味のないお喋りに、どこまでが本音で建前なのかわからないお世辞、阿諛追従《あゆついしょう》。常に裏の意図を探って気を張る時間は苦行でしかない。

ルルはオラントの言葉を理解した。そして、彼の率直な言葉が偽りでなく、正直に自分の気持ちを伝えてくれるものであることが、自然と感じられた。

「あなたの言う通りです、オラント。確かに意味のわからない話は苦痛ですね。教えてくださってありがとうございます」

そうお礼を言うとオラントが飲んでいたものを危うく噴き出しかける。何かおかしなことを言っただろうかとキョトンとしていると、異国の男は白い歯を見せて笑った。

「そんなことで礼を言うなよ。君は本当に面白いな、ルル。嫌味かと思ったがそういう顔でもないし。喋っていてこんなに新鮮な気持ちを感じたことはない」

「あの……礼を言うな、とは? 普通は言わないものなんですか」

「普通が大多数という意味ならば、そうだろうな。俺にとっては些細なことだからわざわざ礼を言ってくれるなと口にしただけのことだ」

そうですか、とルルは小さく吐息する。

いつもそうだ。どうしてここでそういう反応をするのか、なぜ今そんな話をするのか、と奇異な目で見られたことは何度もある。

今の言動は間違っていたのか。じゃあ、正しいものは何なのか。

戸惑っても、正解は誰も教えてくれない。教わらずともわかるのが普通だからだ。ルルは喋る度に『変な子』と距離を置かれてずっとそのまま一人ぼっちである。だから、会話など楽しくない。他人に興味がなくても、嫌われたりおかしいと思われるのは嫌だ。次第に、誰かと喋ること自体が怖くなった。

（でも、オラントにはそれを感じません。異国の人だから、ということもあるでしょうか。私が何を言っても何をしても、この人なら大丈夫、と私はどうして思っているのでしょう）

それはルル自身にもわからない。他人も、自分も、心の動きに関することはすべて苦手だ。理解できない。

「オラント、お祭しのこととは思いますが、私は少し……いえ、大分《だいぶ》普通とは違うようなので。皆さんが誰かに教わらずともわかるようなことが、私にはとてつもなく難しいのです。主に人との交流について、私はいつもひどく困惑します。だからいつも一人です」

「それじゃ、友人はいないのか。君と話をしてくれる人は？」

「一人だけ。サリアというとても優しい人で、私を理解しようとしてくれます。私を受け入れてくれます。それと、エルシ……婚約者も、私を変だと言って攻撃したりはしません。私を受け入れてくれています」

「いいじゃないか。一人でいることは全然悪いことじゃない。そして少しでも君に寄り添ってくれる人たちがいるなら、それほど最悪な環境でもないな。それに、君の理解者に俺も加わるわけだし」

「あなたが？」

「今色々と話を聞いたじゃないか。そして俺はもっと君を理解したい」

オラントは黄金色の瞳を輝かせルルの肩に触れた。

あ、と声を上げそうになった。温かい、大きな掌《てのひら》。毛皮のケープ越しにも伝わるその感触が、人に触れられるのが嫌いなルルを驚かせたが、ふしぎと振り払おうという気にはならなかった。恐怖や混乱ではないが、鼓動が速い。これは何なのだろう、とルルは内心興味深く思う。

「トスケ古語がわかる女性がこの国にいるだなんて思いもしなかったし、今夜出会えたことは奇跡だ。運命だよ」

「あ、あの……断言してしまうのはいかがなものかと。奇跡は目には見えませんし、運命も科学的に実証されてはいませんので」

「あはは！　そういうところだ。本当に面白い。いいんだ、根拠がなくたって、俺がそう感じているんだから」

「そうなのですか」

「ああ。形がなくたって見えなくたって、人は何かを信じることで幸福になれるのさ。今夜は本当に思わぬ収穫があった。来た甲斐があったよ」

ふと、オラントは何をしにここへ来たのだろう、とルルは思う。夜会に出るということは社交界で顔を広げるだとか特定の誰かに挨拶をするだとか、様々な思惑があるものだ。特に、異国から来たオラントには明確な目的があったはずである。

けれど、彼もルル同様に、人目を避けるようにバルコニーで従者と密かに会話をしていた。そしてルルのことを思わぬ収穫と言っているのなら、新しい誰かとの出会いを求めていたわけでもなさそうだ。

そんなことを考えながらぼんやりしていると、ふと自分が今何杯飲んだのかわからなくなっていることに気づいた。そしていつの間にかオラントに肩に腕を回され、彼の分厚い胸板にもたれかかっていたが、酔いの回っているルルはまるで平気だった。

（新しい発見です。人に触られるのは大嫌いなはずなのに。そうか、アルコールですね。

人は酔うと普段理性で抑圧している人格が出てきたりするようですが、私にはそういう効果があるようですね）

アルコールで感覚が鈍り、普段から感覚過敏なルルはそれが和らぐのだろう。以前は酔うまでもなく飲むのをやめていたので気づかなかったのだ。

そんな分析をしながらルルはオラントの声を近くで聞いている。

喋っている誰かと接触していると、体自体が楽器になったように一緒に響く。オラントの声が皮膚から入り骨を伝わり、鼓膜を震わせる音と共に情報としてルルの中に入ってくる。人と普段接触しないルルの、初めての非常に興味深い体験であった。

「もっと違う感じ方があるのでしょうか……」

「え？」

「あなたの声が、私の中に。もっとあなたを深くで感じるとどうなるのでしょう」

疑問に思っていることを口にすると、ふっとオラントの表情が甘く、優しくなる。

「それは……俺を誘っているのかな」

「誘う？　何に誘うのですか。あなたを違う形で感じる手段を探っているのです」

「独特なアプローチだな。面白い」

オラントの大きな手がルルの頬を撫でる。ルルはどきりとしたが、そのぬくもりの心地よさに思わず目を閉じた。

「いいよ、二人で探そう。しかし、ここは寒いな。ずっとはいられない。俺の家に来ないか」

「あなたの家？　まさかこれからトスケに戻るのですか」

「いや、ここに別荘のようなものがある。度々来るので毎度宿を取るのも面倒でな」

異国に家を持つ方がずっと面倒なのでは、と思ったが、どうやらオラントは随分裕福な貴族のようなので、家を買うのもりんごをひとつ買うのと同じような感覚なのだろう。

「それとも真っ直ぐに家に帰らないとだめか」

「夜会に行った後すぐに家に帰れとは命令されていません。ですが私には他に行く場所もありませんから、いつもは好きなときに迎えを頼んで帰ります。私はあなたがいなければ予定していたページ数読んですぐに戻るつもりでおりましたし、ここから屋敷まで近いので散歩でもしていくつもりでした」

「じゃあ、俺の家に来ても問題はないな」

「あなたの家はとても興味深いのですが、責務以外の場所へ行って大丈夫なのでしょうか。退屈な夜会よりもずっと面白いとは思うのですが」

「だって君の父親は夜会に顔を出せと言っているだけなんだろう？　それが終わったのだ

から、後は君がどこに行こうと問題ないはずだ。まあ……噂好きの連中に見られたら面倒かもしれないな」

そう言うやいなや、オラントはルルを抱え上げた。

急に体勢が変わってルルは目を白黒させる。人ひとりをいとも容易《たやす》く持ち上げる腕も胸も、力強く揺るぎない。まるで熊にでも抱きかかえられているようだ。

「声を出すなよ」

言われるままにルルが口に両手を当てると、なんとオラントはルルを抱え上げたまま、二階のバルコニーから飛び降りた。

＊＊＊

馬車で三十分ほど走っただろうか。貴族らの住まいが並ぶ閑静な郊外にオラントの別邸はあった。

外見はそうこの国の家々と変わりないが、中に入ればそこはまさしくトスケ王国の宮殿をそのまま持ってきたかのような、コサスタにはない異国情緒あふれる美しく輝く内装が施されている。

鮮やかな青と金の文様で彩られた繊細なタイルが壁や天井を覆い、素晴らしいステンドグラスが燭台の明かりの中、神秘的に浮かび上がっていた。

物珍しげに部屋を見回しているルルに、オラントは少し心配そうに声をかける。

「ここに来るのは嫌だったか」

無言で首を横に振る。オラントという人物に興味があったので、もちろん家に行くことは嫌ではない。

しかし馬車の中でもルルはずっと無言だった。少し強引に連れて来てしまったために、ルルが腹を立てているのではとオラントは気遣っていたのだ。

「じゃあなぜ何も喋らない」

「……喋ってもいいのですか」

「もちろんだ」

「あなたが声を出すなと言ったので」

「あ……、なんだ、そういうことか」

オラントは破顔し、大きな声で笑った。その顔を見ながらルルは僅かに微笑む。

（大きな人なのに、笑うと子どものようです。表情もたくさん変わって、面白い。見ていて飽きません）

「あのときは、飛び降りるのに悲鳴でも出されたら、ちょっとした騒ぎになると思ってな」

「本当に驚きました。私を抱えて二階から飛び降りるだなんて。私なら間違いなく両脚を複雑骨折しています」

「あのくらいの高さならどうってことはない。柔らかい芝生の上も選んだし、このくらいで怪我をするような鍛え方はしていないさ」

「あなたは普通の貴族のお家の出ではなさそうですね。そんなに鍛えて誰と戦うのですか」

「戦うというよりは、身を守る、かな。まあ、あとは単純に俺が昔からそういうことが好きだったのさ。体力が有り余っていてね。生来のものはどうしようもない」

オラントは使用人に言いつけてチーズやドライフルーツなどの簡単な食事と飲み物を持ってこさせた。

「ルルは甘いものが好きなようだから、俺の国の甘い酒を飲んでみて欲しい。ツイという酒で俺も好物だ」

「いえ、でも、もうアルコールは」

「少しでいいよ。優しい味で美味いんだ」

乳白色の酒を口に含むと、やや酸味があり舌に細かな炭酸が感じられ、爽やかな甘さだ。

これもまたいくらでも飲めてしまいそうである。

「美味いだろ?」

「ええ、美味しい。お酒といっても色々あるのですね。私は最初に飲んだものが本当に不味《まず》かったので」

「俺もどの酒を飲んでも酔いはしないが好き嫌いはある。自分の舌に合った酒を選べば人生はもっと豊かになるぞ」

長椅子に隣り合って座り酒を飲んでいると、視界がゆるゆると回り始める。

(これ以上はだめです……わかっているのに、美味しくてやめられない……このまま眠ってしまいそうです……)

あまりに心地よい酔いに身を任せながら、ルルは気づけばドレス一枚になり、オラントと密着している。

「あれ……? 私のケープは……」

「暑そうだったから脱がせた。そこに置いてあるよ」

「あ……それは、どうも……」

「ルル、大丈夫か? 結構たくさん飲んでるけど」

「そ、そうですよね、美味しくて、つい……、あっ」

指先まで覚束《おぼつか》なくなり、持っていたグラスから酒が胸元にこぼれてしまう。

ルルのドレスは胸元が大きく開いている。それはルル本人の希望ではなく、ギューゼント家お抱えデザイナーがルルを最も魅力的に見せるデザインがこれなのだと主張し、いつもそういったものを着せられているのだ。父アーカスタもこれでエルシ殿に気に入られるのなら、とどんな衣装でもデザイナーの言うままにさせる。ルルは自分のために作られるやけに露出度の高いドレスが嫌いで、いつも肩から何かを羽織ってそこを隠しているのだ。

だから、気づいたときケープがなくなっていたのには少し動揺した。それも酔いで有耶《うや》無耶《むや》になってしまっているが、酒までこぼしてしまって、酔い過ぎていることを自覚せざるを得なくなる。

「おっと、せっかくのドレスが汚れてしまうな」

「あ、オラント……」

オラントはなんとルルの胸元に顔を近づけ、こぼれた酒を舌で舐め取った。ルルは飛び上がって驚いた。

「わっ……」

「すまない、拭くものが近くになくてな。しかしルル、君は実に魅惑的な存在だな……これじゃ、少々食事が大変なんじゃないのか。胸元を汚すのは日常茶飯事だろう」

「え、え、いえ、別に……慣れていますから」

肌を直接舐められてさすがに驚愕したルルは、ゆらゆらと揺れながら何とかオラントの問いに答えている。

ルルは思春期以前から乳房が急成長してしまい、妙に前に迫《せ》り出しているので歩いていれば足元など見えない。オラントの言う通り、食事も少々厄介だ。食卓についても胸が邪魔でテーブル近くに寄れない。しかしもう何年もこの体型とつき合っているので、不便かどうかは、慣れてしまって自分ではわからなかった。

「夜会ではどうして隠していたんだ。この国では女性の豊かな胸元は最高の美とされているだろう？　そのために、それを強調するドレスばかりだ。君のこの夜会服だってそうだろう。あの宴の場で、君より素晴らしい胸の持ち主など誰もいなかったぞ」

「あの、その、嫌なんです、見られるのが。注目されるのは嫌いです。だからいつも隠しています。これは父が作らせたものですので、拒絶することもできませんし」

「なるほど……もったいないな。君ほどのものは俺も見たことがない。これが婚約者のためのものだけになってしまうとは、なかなかに口惜しい」

「わ、私は、こんなものに価値を見出しませんし、別に……あの、お、オラント、あまり触らないで」

オラントはルルの胸を舐めてからもそこから離れず、なぜかドレスの生地の上からゆるゆると両手で揉んでいる。

わけがわからなかった。何のためにそんなことをしているのか。

「触られるのが嫌なのか？」

「あの、私、そもそも他人との接触が苦手なのです、昔から」

「そうか。嫌な感じがする？　今も？」

「あの、今は……わかりません。お酒で意識がふわふわと浮くようなのです」

「じゃあ、嫌だと思ったら言ってくれ。そうしたら、俺もやめる」

思わず頷くルルだが、オラントが何をしたいのかわからない。

（どうしてオラントはこんなことをするんでしょう？　もしかして、私が知らないだけでこれが普通の交流なんでしょうか？　ああ、何もわかりません。どうしましょう。とにかく、落ち着かなくては）

酔いに呑まれながらもパニックになりそうになり、ルルは必死で自分が落ち着く方法を考えた。

「あ、あの、オラント」

「うん？」

「あの、あの、トスケ古語を、トスケ古語を喋ってください」

「なんだ、いきなり」

「あの響き、落ち着くのです。うっとりしてしまいます。あなたのトスケ古語が聞けるのではないかと、正直思って、私はここに来たのです」

オラントは不意をつかれたように目を見開き、そして蕩けそうな甘い微笑を浮かべた。その表情を見てルルはドキンと鼓動が跳ねるのを覚える。

(なんて顔……すべてを受容するような、包み込むような……。私、オラントのこの顔を見ただけで体が変です。表情のよく変わる、面白い人としか思っていなかったのに)

ルルが困惑していると、オラントはルルの希望の通り、トスケ古語で喋り出す。

「ルル、君は本当に可愛いな……。やはり決めた、君の無垢は俺が奪ってしまおう。今どき純潔を要求するような矮小な婚約者などにやるものか」

「え、え? 今の、聞き取れませんでした。すみません、もう一度」

「ふふ……いいんだ。少し難しい言い回しを使った。もう国民すら大半が忘れ去ろうとしている我が国の礎《いしずえ》を作った言葉を、君がそんなにも好んでくれるのは嬉しいよ」

流れるようななめらかな発音に、ルルは今の状況も忘れてうっとりした。

「ああ……、やはりトスケ古語は美しいです。何というのでしょう、まるで蜜のような響きです。まろやかで、竪琴を弾くようで、どこまでも甘美で……どうやったらその発音ができるのでしょう……」

「直接教えてやる。自分で感じた方が早い」

オラントはずいとルルに迫り、間近で金色の目を細める。オラントの甘くエキゾチックな香りが強く鼻先に漂い、ルルは思わず陶然として瞼を閉じる。

すると、柔らかで温かな感触が唇に押しつけられ、敏感な唇に触れられたルルはビクリと大きく震えたが、オラントの大きな体と長椅子の背もたれに挟まれて動けない。

「あ……ふぁ……っ？」

「例えば……愛、や馬、の発音だ。舌を……ここで弾くんだ。上顎の、歯茎の裏で……」

オラントの肉厚な舌がルルの歯の裏の部分をべろりと舐める。それだけで経験したことのないようなゾクゾクとした強い感触がルルの背筋を駆け上り、感覚過敏な少女は激しく痙攣《けいれん》した。

「あぅぅ、ふ、うぅ」

「今度は、夜の発音……舌全体を上顎の裏に張りつけて、離す……」

口の中で、低い掠れた声でオラントが喋るだけで、ルルは涙が出るほど体が逆上するような感覚を覚えた。

（せっかく、オラントがトスケ古語の発音を教えてくれているのに……何も頭に入りません……唇と、舌の、口の中の感触が鮮やか過ぎて……他が、何もわからなくなってしまいます……）

オラントはルルが激しい反応を示している間も乳房を揉んでいる。その人差し指が乳頭を潰すようにレースの生地にめり込んだとき、ルルは必死で口を離し、悲鳴を上げた。

「あやあぁっ！　だ、だめです、それはっ……」

「ん……？　どうだめなんだ？　痛いのか？」

「あ、あ、なんだか、お腹が、お腹が変になるんです。ギュッとするみたいに……」

オラントは甘美な微笑を深くして、ルルの頬に優しくキスをする。

「それは正しい反応だ。感じやすい人はここに触れられるとそうなる」

「えっ……、正しい……？　普通は、そうなのですか……」

「そうだ。自分では触らないのか？」

「さ、触りません……自分の肌に触れるのは、体を洗うときくらいで……、あう、あっ！　そ、そんな、ぁ、やあぁ」

オラントの太い指がくりくりと乳頭を転がす。ルルはこれが正しいと聞いても、体がどんどん熱くなってきて、そこに触られているだけでまるで真夏の日向を歩いているときのように汗を噴いてしまう。

「少し触っただけなのにすごい声だな……君はかなり感じやすいらしい」

「あ、あの、声は、おかしいのですか。出てしまうの、ですけど……」

「いいことだ。思うままに声を上げてくれていい……ほら、こんなにここが硬くなっている」

ルルのドレスの胸元の生地をずらすと、勃起した薔薇《ばら》色の乳頭があらわになる。そんな形になったものを見たことがなかったルルはギョッとした。

（わ、私の胸、どうなっているんです……？　寒いときにも肌が硬くなる感覚はありますが、もしかしてアルコールを飲み過ぎるとこうなってしまうのでしょうか……）

オラントは恍惚としながらルルの乳房に顔を埋める。

「美しい……冷たささえ感じる雪白の肌に、淡く色づいた乳輪……心も体も紛れもない純白……君のような女性が今まで無垢でいられたとは……変わり者として認識されていたことが幸いだ。お陰で、俺がすべて手に入れられる」

何を言っているのか、と問おうとした矢先、乳頭がオラントの温かな口内に包まれ、勢いよくジュルルと啜《すす》られて、ルルは目の前に火花が散るような衝撃に驚愕した。

「ひぃ……っ、あ、な、何……、あ、お、お腹がぁ」

「強過ぎるか？　受け入れてごらん。体の力を抜いて……」

「で、できませ……ひゃ、はあぁ……！」

　オラントは貪るようにルルの乳頭を乳輪ごと吸いながら、もう片方の乳頭も指で散々に転がし、摘み、擦り上げる。

　ルルは全身の毛が逆立つのを覚えた。下腹部が何やらおかしい。

（あ、熱い……何かお湯のようなものが、腰の奥からあふれ出ていくようです……胸を触られているのに、どうして腰がこんなにももどかしいのでしょう……？）

　声も止まらない。不格好で醜い声が、まるで腹の奥から押し出されるように漏れてあふれてしまう。

「ひゃあぁ……あふあぁ……、あ、ぁ、な、なにか、出てしまって、あ、漏れ……」

「ん……？　ふふ、ここか……？」

「あ、だ、だめです、汚、あっ……」

　オラントがドレスの裾を捲り上げ、ガーターベルトとストッキング以外何も身につけていないルルの露わな下肢に目を瞠《みは》る。

「下着をつけていないのか……」

「あ、わ、私、そこに布が張りつくのが嫌で」

「なるほど。元々相当に敏感な体質《たち》らしいな……いい眺めだ」

ルルは他人の接触も苦手だが、繊細な場所に布の感触を感じるのも嫌いだった。なので、せいぜいガーターベルトでストッキングを吊り上げるくらいで、股に何も触れないよう、他の下着を身に着けていなかったのだ。

しかし、その敏感な場所を守っているささやかな茂みの奥に、オラントは無遠慮に指を這わせてしまう。ルルはビクリと震えて刺激に耐えた。

「ひぃ……」

「すごい……ずぶ濡れだな」

「えっ!? わ、私、まさか」

「漏らしたんじゃない。気持ちいいとここが濡れるのは正常だ。しかし、こんなにあふれているとは……たまらないな」

オラントはそのまま指を蠢《うごめ》かせる。ひときわ強烈な刺激が弾け、ルルはガクンとバネのように腰を跳ねさせた。

「あああ! あ、や、そこ、だめです、怖い、怖いっ……」

「大丈夫だ。怖くない……指だと強過ぎるのか? じゃあ、優しく……」

そう言うやいなや、オラントはルルを長椅子へ横たえ、裾をからげてそこへ逞《たくま》しい舌を押し当てた。

「ふぁ……っ、あ、あああぁ」

「この小さな突起はいちばん敏感な場所だ。ルル、君のは少し大きくて口に含みやすいな……ほら、どんどん漏れてくる。快感にこのまま身を委《ゆだ》ねて……」

オラントは花芯を口で愛撫しながら、太い指をぬちゅりとルルの秘処に挿し入れた。痺れるような僅かな痛みと、体の中を探られる感触に、ルルは身悶える。

「ひぁ、あやぁ、あ、あの、そこ、指、私の、父に、禁じられて」

「大丈夫だよ。この体は君のもの……君が楽しむことは君の権利だ」

「へ……？　で、でも、あぁあ、やぁ、らめれす、あ、中と、外の、あ、また、たくさん、出てきちゃ……っ」

オラントに内部にあるしこりのようなものを指の腹でコリコリと擦られて、舌で突起を舐め上げられ、吸われ、扱かれて、ルルは涙をこぼしながら叫んだ。

「やぁあ、あ、ひゃあぁあぁああっ、……ぁ……あ」

ガクガクと痙攣し、腹の奥にぽっと赤い光が灯ったようだった。頭が蕩け、腰が浮き、皮膚が痺れ、ルルは自分がなにかビシャビシャと音を立ててこぼしているのを感じた。

「すごいな……ルル……潮まで噴いて、絶頂に達して……君は、常人の何倍も感じやすいんじゃないか……」

　オラントの声が震えている。ルルはぷぷっととろみのある蜜をこぼし、ぬかるんだ花びらのあわいをオラントの指が執拗に擦っているのを感じている。

（何でしょう、これは……気持ち、いい……嫌ではないです……もっと、欲しいほど……。私の体が……別物みたいに……）

　全身が蕩けてしまったのではないかと思った。小さな痙攣がいつまでも続いている。どんどん脚の間になにかをこぼしてしまう。ルルはうっとりとしながらオラントにされるがままになっている。

「こんなに柔らかくなって……もう、大丈夫だな……」

「はぁ……あの……何が……」

「ツイを飲むか？　もっと体が柔らかくなるように……」

　オラントは酒を口に含み、それを口移しにルルの唇に注ぎ込む。同時に開かれたルルの脚の間に体を入れ、そして軽く腰を捻り、ルルに埋没した。

「はっ……、ぉ……あ……」

　アルコールの目眩《めまい》の内に、激しい衝撃がルルを抱き締める。

（何かが、私の中に……蛇、のような……とてつもなく大きなものが……）

巨大な蛇はたっぷりと潤って熟したルルの膣肉を掻き分けながら、ぐじゅりぐじゅりと深々と埋まってゆく。

苦しい。体が裂かれるようだ。だが、その何倍も、燃え上がるように体が興奮している。

「ぁ……あは……あ……な、何れすか、あ、こ、これは……お腹の底が……あぁあ……」

「ルル……可愛いな……君は俺の至宝だ……何にも代えがたい宝石……」

オラントは低い美しいトスケ古語でルルに囁く。その甘い旋律にルルは恍惚とし、涙をこぼす。

がっちりと押さえ込まれて動けないルルの体は、オラントの熱い体温と芳しい香りに包まれている。ぐぬ、と腹の奥に巨大なものが押し込まれる感覚があり、鈍い痛みと全身の毛穴が開くような心地よさに、ルルは体を戦慄《おのの》かせた。

「ぁあ、あぁぁ、何か、奥、に」

「辛いか？　痛い？」

「痛い……れす……苦しい……でも……あぁ……もっと……もっと、中を……」

「こうしてもいい……？　動いても……？」

オラントが腰を揺すぶり始める。ぐちゅ、ぐちゅ、と濡れた音を掻き鳴らしながら、巨大な蛇がルルの媚肉を捲り上げ、太い頭が子宮の入り口を押し上げる度、ルルは野蛮な声で叫び出しそうになる。

「はぁあ……やあぁ……、いい……、いいれす……あぁ……頭が蕩けてしまいま……あぁあああ……」

「どんどん、濡れてくる……万力《まんりき》のように締めつけて、こんなに感じて……ルル、君は最高だ……初めてなんだろう？　信じられないほどだが……」

「これ、これは……男女の……交合、なのですか……、わ、私、父の言いつけを……はぁあああ、あ、あうあああ」

オラントが突然、遠慮のない動きでルルを犯し始める。

「何も考えられなくしてやろう……そうすれば、君も自ずと知る……俺との交わりと、父上の命令、どちらが尊いのか……」

もうすでにルルにはオラントの言葉がわからなくなっている。

あまりに強烈な、鮮烈な刺激。初めて味わう快楽、絶頂。他人に触れられることすら厭わしかったのに、今ではオラントの体の一部を体内に受け入れている。そして、それがとてもとても心地いいのだ。

（誰かに触れられるのは、ゾッとして本当に気持ち悪くて、嫌だったのに……オラントにこんなに密着されてあらゆるところで繋がっても、気持ち悪いどころか、体が喜びでどうにかなってしまいそうです……これが快感というものなんでしょうか……）

体が直接的に感じる快感というものを、ルルは知らなかった。新しい言語を学んだときや好みの発音、文法に出会えたときなど、知識欲が満たされる喜びならば知っていたが、肉体的な接触を避けてきたルルにとって、突然降って湧いたこの刺激の洪水はあまりにも甚大で、暴力的な影響を与えた。

オラントが深く入ってくると、稲妻が脳天まで突き抜けるような快楽を覚え、目の前が真っ白になった。乳房を分厚く硬い胸板で押し潰され、しこった乳頭をやたらめったらに転がされると火照るような疼きが全身を駆け巡り、口を吸われて舌で口内を舐め回されると、脳が蕩けてなくなってしまいそうだった。

何より、オラントの官能的なトスケ古語の響きは、ルルを容易く絶頂へ導いてしまうほど、扇情的な魅惑にあふれていた。

すでに生きた言語ではないはずの古《いにしえ》の言葉が、オラントの口から紡がれる唯一無二の麗しい響きとなってルルを酔い痴れさせる。

トスケ王国。砂漠の国々と森の国々の境に建つ様々な文化が入り混じった独特な、エキゾチックな国。その歴史は古く、今も昔も多種多様な人種が自分たちの国から品物を持って商いのために訪れ、トスケは何者も拒まず、どの神々をも否定せず、豊かに栄えてきた。

トスケ古語は元々文字を持たなかった現地の人々が、周辺国の文字を借りて組み合わせ作ったものだと言われている。言語や発音もそれにつれて文法を再構築させ微妙に変わったようだ。

現在のトスケ語はそれをトスケ独自のものに洗練させ、整えたものだった。それゆえか、トスケの古語は周辺の国々の、それぞれの古の響きをすべて持ち合わせ、ルルを遠い昔の浪漫に浸らせてくれる。

「ルル……可愛いな……気持ちいい、最高だ……俺の美しい宝石、ルル……」

トスケ古語で囁かれる甘い言葉たちは、容易くルルを快楽に沈め、法悦の泉に溺れさせる。

「あ、あぁ、オラント……、はぁ、あう、うぅう、ああ、また、また、何か来ます、あ、はあぁあ、ほ、あ、はおあぁ」

極太の蛇が開いたばかりのぬかるんだ隘路を盛んに行き来し、どちゅどちゅと最奥を抉る。ルルは獣のような声で叫び、四肢をバタつかせ、指先まで強張らせ絶頂に飛ぶ。

「はお、お……、ほ……あ、あはぁ……」

「はあ……あぁ、ルル、ルル……俺も、もう……」

激しいルルの絶頂に釣り込まれるように、オラントは唇を嚙んで、大きく胴震いする。

その瞬間、何か熱いものが奥にどぷどぷと注ぎ込まれ、ルルはその感覚にすら声を上げて随喜の涙をこぼした。

「やぁああぁ……あア、は……あぉ……これ、は……あなたの、精……？」

「孕んでもいいぞ、ルル……俺の子を産め……ふふ、君はもうすべて俺のものなんだからな……」

「そん、な……」

だめだ。ルルはエルシの婚約者だ。

純潔であることを求められ、父はエルシにルルを嫁がせることでルルの存在を認めてくれるのだ。

（ああ、どうしましょう。私、きっともう純潔ではありません。純潔とは男性を知らぬ体のこと。私はもう知っています、この人を、オラントを……）

頭の奥に僅かに残された理性が危険を訴えているが、すでに何度もオーガズムに達しとろとろに蕩けているルルの体は、貪欲にオラントを求め続ける。

オラントはルルを自分の豪奢な寝室へ運び、美しい刺繍を施された天蓋のついた巨大な寝台に横たえる。

「見ろ、ルル。君の中に大量に精を放ったというのに、俺のものは未だに君を欲している」

そのとき、初めてルルは自分の中に埋まっていた蛇を見た。

それは巨大で獰猛《どうもう》な黒蛇だった。ルルの腕ほどはありそうな太さに、天を衝くような凶暴な長さ。握りこぶしのような亀頭は逞しく笠を広げ、ルルの愛液に濡れそぼちてらてらと光っている。そして垂れ下がった二つの大きなものは、濃厚な精を未だたっぷりと溜め込んでいるかのように重たげだった。

ルルはそれを見て、自分の目が潤み、頬が火照り、体が熱くなるのを覚えた。すでに蛇の味を知っているからだ。

「こ、こんなに……大きな、ものが」

「君がもっと欲しくてこうなっているんだ。君があまりにも素晴らしいから」

「わ、私、そんな……、もう、これ以上……」

「だめだ。まだ帰さない」

オラントはルルにのしかかり、先程よりも大きくその脚を開かせ、糸を引いてぱっくりと開いたそこにずぐりと再び突き入れた。より深々と突き刺さった黒蛇の恐ろしいほどの巨大さに、ルルは目を白くしてガクガクと痙攣した。

「んうぅっ！　んう、お、あ、はおぉ……」

「ああ……いいな……君の本能丸出しの声が実にいい……」

おびただしい蜜が結合部からぶちゅりとあふれ出る。オラントはぐるんと大きく腰を回しながら、オーガズムに痙攣するルルの子壺をいじめ抜く。

「はおぉ、あぉ、あ、そこ、あ、らめ、れすぅ、う」

「だめじゃなくて、大好きだろう？　奥を、ぐりぐりすると、ほら」

「んうぅぅぅううう」

最も敏感な場所を嫌というほど抉られて、閃光が弾けるような真っ白な衝撃に、ルルは腰を跳ねさせながら手足を激しく震えさせる。

乱れ過ぎてずり落ちたルルの眼鏡を外し、オラントはその口に獰猛にかぶりつきながら、一心不乱に腰を振り立てる。絶頂に飛び続けるルルは、よだれを垂らしながら忘我の境に落ち、全身でオラントを感じている。

「ひぁ、あおぉお、あふ、あ、はあぁあア」

「はぁ、はぁ、う、く、なんて、動きだ……君のように激しい達し方をする女は見たことがない……こんなに洪水みたいにあふれさせて、平生からは想像できないような声を上げて……トスケ古語を解する賢女が、こんなにも乱れるとは……最高じゃないか……」

取り繕って抑えた喘ぎ声を作ることすらできないほど、ルルは極楽に飛んでいた。そもそも、取り繕うことのできないルルの性質では、交合で感じたエクスタシーを隠すことが

できなかった。

遠慮のない声で快楽に叫びを上げながら、ルルは汗みずくになってオラントにしがみつき、四肢を戦慄かせ、子宮を激しく収縮させ、愛液をあふれさせながら、何度も真っ白な世界に打ち上げられた。

「ほぉっ、おぉ、んぅう、う、いい、い、あ、気持ちいいっ、れす、あ、はあぁぁ」

「俺も、俺も、すごく、いい、……あ、あぁ、また、出る……あぁ、く、あっ」

ずごずごどちゅどちゅと嵐のように激しく突き上げられ、豊かな乳房を大きな両手でもみくちゃにされて、ルルは愛液を振りまいて頂きに飛び、絶叫した。

「おオぉっ、は、あ、ひゃぁ、あ、あぁあああ……っ」

「くっ……、うぅ、ルル、ルル……ッ」

オラントは前よりも多いほどの濃厚な精をどぷどぷとルルの子宮に注ぎ込む。随喜の涙をこぼし呆けているルルの唇を夢中で吸いながら、オラントは未だ萎えぬ巨根を再びゆるゆると蠢かせる。

「はぁあ……もう、らめ、らめぇ」

「だめじゃないだろう。腰が動いているぞ……まったく、これが初めてとは信じられないな……ルル、君は本当に最高の女性だ……このまま監禁してしまいたいほどに……」

オラントは少しの疲れも見せず、逞しい腰をルルの張りのあるみずみずしい尻に幾度も叩きつける。大きな睾丸がビタビタと音を立ててルルの尻朶に当たり、ルルはあの恐ろしいほどの巨根が根本まで自分の中に埋められているのだと理解し、ますます興奮して濡れた膣肉を微細に蠢かせた。

「はぁ、はおぉ、お、あ、あぁ、オラント、あぁぁ」

「ふふ……はぁ、すごいな……また子宮が下がってきたぞ……いい、好きなだけ達《い》け……俺のもので何度でも飛んでくれ」

その夜一晩中、オラントの寝室からは露骨な水音とベッドの軋む音、そしてルルのあられもない喘ぎ声が鳴り止まなかった。

第二章　白薔薇の園

ルルの指はかつてないほど激しく戦慄き、困惑のダンスを踊っている。

「大失態です……。これ以上ないほどの恐ろしい過ちです……。いっそ生きるのをやめた方がいいでしょうか……」

ルルは二日酔いで寝込んでいるベッドの中で、指を蠢かしながらブツブツと独り言を繰り返している。

昨夜、明け方までオラントの屋敷にいたルルは、屋敷前まで丁重に馬車で送られて、フラフラしながら入浴し、そして自室のベッドに潜り込んで泥のように眠った。

昼間に目覚めたときには頭痛で起き上がれず、そのまま毛布をかぶって絶望的なことばかり考えている。

家の者には誰にも昨夜どこにいたのか、何をしていたのかということは聞かれていない。皆いつも夜会の後ルルが何時に帰って来たのか知らないし、興味もないからだ。

さすがに夕食の席に顔を出さずにいると侍女がやって来て具合を訊ねてきたが、気分が悪いからと言えばあっさりと引っ込んだ。周囲の人間の関心が薄いのが、不幸中の幸いである。

（けれど、ずっと気づかれずにいられるでしょうか。私がすでに純潔ではなくなってしまったことが露見したら……）

いっそすべて忘れてしまえたらよかった。そうしたら悪い夢を見たのだ、と自分自身すら騙せたかもしれない。

けれど最悪なことにルルは逐一覚えていた。アルコールに弱い人間は酔ったときの記憶を忘れることもあると聞いていたのに、弱いはずの自分が何もかも思い出せるというのはどういうことなのか。

（ああ……返す返すも、私は何ということを……あまりに珍しいトスケ古語に釣られて、何もかもを誤ってしまいました……やはり最初の過ちはお酒でしょう。酔いさえしなければ、まさか他人の家まで行くということもなかったでしょうし、あんな接触だって絶対に許すことは……）

思い返すだけで顔が燃え上がるように熱くなる。

紛れもなく、男女の行為をしてしまったのだ。率直にいえば、天国のような経験だった。いや、地獄といった方がいいのだろうか。とにかく、ルルが今まで生きてきた中でまったく経験のない、肉体の快楽の極みと呼ぶべきものだった。

自分がこんなにも体の交わりで乱れてしまうとは思わなかった。ずっとその逆だと思っていた。

他人との触れ合いが苦手で、挨拶の握手や抱擁すら避けてきたルルだ。いざエルシと結婚し、子をなすための行為に及んだとき、なけなしの忍耐力を総動員して触れられるのを我慢し、必死で終わるのを待つしかないのだと思っていた。

それなのに、実際に経験したあの行為は、理性など瞬く間に溶けてなくなってしまった。後は肉体の快楽を貪り尽くし、本能のままにルルはオラントとの行為を愉しんでしまったのだ。

「お、お許しください、お父様……お許しください……」

小さな声で必死に謝り、祈る。

ルルは神を信じない。祈りを捧げる対象は父のみだ。

ルルはかつての父アーカスタの言葉を、今まざまざと思い出していた。

『お前の母親はふしだらな女だった。私の他にも愛人がいたに違いないのだからな。その女の娘であるお前は、間違いなくその血を受け継いでいるのだ。だから、厳重に命じておく。エルシ殿との婚約が整った今、絶対に純潔を守り抜くのだぞ。お前の体はすでにお前のものであってお前のものではないのだから』

ルルは自分の母親のことをふしだらな女とは思っていなかった。実際、娘の自分が知る限り、母にアーカスタ以外の男の影はなかったのだ。

しかし、母はふしだらな女ではないけれど、自分はふしだらな女になってしまった。

（ああ、こんなことになるのなら、たとえ幻のトスケ古語が聞こえようが無視していればよかったのです……ああ、けれど、私にはそんなことはできない……言語への探究心はどうにも抑えようがないのです……もう、あの夜会に出た時点で私の運命は決まっていたのでしょうか……）

異国の男、オラント・デュマン。

なぜ変わり者のルルを屋敷に連れ込むほどに気に入ったのかはわからないが、彼が最後にルルに言った言葉を思い出すと、絶望はより一層深くなる。

『また必ず会おう、ルル。君はもう俺のものだ』

（違う、違います、私はすでにエルシのものなのです。お父様がそう言ったのですから、そうなのです……ああ、なのに、私は、もうオラントと契ってしまいました……もうだめです、何もかも……どうにかして隠し通さなければいけません……二度とオラントに会うことはできません……)

ルルがオラントに興味を持っていることは自分自身否定できない。彼のトスケ古語は素晴らしく魅力的だし、彼のよく変わる表情も好ましい。

何より、ルルを見つめるときに浮かべるあの甘い微笑は何なのだろうか。その顔に出会うと、ルルは胸が苦しくなる。

金色の瞳が蜂蜜のように甘く蕩けるのだ。その優しく包み込むような穏やかな微笑に、どうしても抗い難い魅惑を感じてしまう。

(ずっと他人になんて興味がなかったのに……オラントには、優しいサリアやエルシに感じる好ましさとは、また別の気持ちを覚えます……これは一体何なのでしょうか)

深く考え込みかけて、二日酔いのズキンとする頭痛に我に返る。

(いえ、もうオラントのことを考えてはいけません。あの人とはもう会わないし関わることもないのです。私は、これからなるべく閉じこもってこれ以上体が変わらないようにしなくては……ああ、でももう手遅れなのでしょうか。エルシは私が純潔でないと気づいたらどうするのでしょう。ああ、本当にどうしたら)

延々とベッドの中で悩み続けていると、自室のドアがノックされる音が響いた。

気づけばだいぶ日は傾き、夜に近づいている。侍女がルルの具合が悪いと聞いて食事でも持って来てくれたのだろうか。

今まで誰もそんなことはしてくれたことがないので珍しいとは思ったが、ルルは仕方なく上半身を起こし、「どうぞ」と声をかける。

しかし入ってきた侍女の手には、食事の載ったトレイはなかった。

「お嬢様、お加減はいかがですか」

「ええ、大分よくなりましたが」

「旦那様がお呼びでございます。お支度をお手伝いさせていただきますので、どうぞお体をお起こしになってください」

父が自分を呼んでいると聞いて、ルルは内心飛び上がりそうになった。

（まさか、もうバレてしまったのでしょうか……!?　そんな……もしかしたら、オラントと抜け出すところを誰かに見られていたのかも……でも、その後何をしたのかなんて、誰にもわかるはずがありません……）

しかし不安は募る。父はルルを自由にさせていると見せかけて、監視か何かをつけていたのかもしれない。だがそれならば、オラントの屋敷に入ったところで強引に連れ帰りそうなものだ。

様々な可能性をぐるぐる考えている間に、侍女はさっさとルルの顔を洗ったり髪を梳《と》かしたりドレスを着せたりして身なりを整えさせ、準備を済ませてしまう。

使用人たちは基本的にルルの言うことにはまったく耳を傾けない。たとえば、今日はこのドレスがいいとルルが言ったところで無視をされるのみだ。正確にいえば、家長である父が最も上に立つ存在で、他の家族もルルよりはずっと上の立場なので、他の家族が命じたことがルルの言葉よりも優先される。

家族からも、使用人たちからも、ルルは透明な存在だった。ただデンペルス家との結婚まで預かっている、意志のない品物といった具合である。

「さあ、旦那様とお客様がお待ちです。参りましょう」

「え……お客様……？」

はたと我に返れば、着せられたドレスは普段家にいるときのものではなく、淡いライラック色の上等なシルクで作られたよそ行きのものだった。これも父がルルのために作らせたもので、例によって胸元は大きく開き、襟ぐりには白いレースのリボンが飾られている。

「どなたがいらしているのですか」

「デンペルス公爵様です」

やって来たようだ。

「え……、エルシのお父様が……」

「それと、もうお一方。公爵様がお連れになった方のようです」

将来ルルの義父になる予定のエルシの父、ダルシオ・サリ・デンペルスが客人を伴って
やって来たようだ。

父アーカスタとの商談のためならばルルは必要なさそうなものだが、エルシ本人もいないのに、なぜルルが呼ばれているのだろう。挨拶だけのためならば、こんな大層なドレスもいらないのではと思うのだが。

（デンペルス公爵様に最後に会ったのは、確かひと月前ほどでしょうか。でも、いつも最低限のご挨拶しかしません。公爵がいらっしゃるときは必ずエルシもそこにいて、私はエルシとしか喋っていないのですから）

しかし、純潔を奪われてしまったその翌日に、こうしてわざわざやって来るとは、とルルは不安で仕方がない。いつも以上に挙動不審になり、両手をそわそわと踊らせ、目を丸くしてキョロキョロと辺りを無意味に探ってしまう。

侍女はルルを応接室の前に連れて行くと、「お入りください」と言って去って行く。

このままどこかへ逃亡してしまいたかったが、仕方がない。ルルは観念してドアをノックした。

「ルルです」

「おお、来たか。入りなさい」

「はい……」

ルルがカチコチになってドアを開くと、中にいた人物を見て、そのまま卒倒しそうになった。

「やあ、ルリアネール嬢。今日はまた一段と美しいな」

「こ、公爵様も……ご機嫌、麗しく……」

必死でかつて礼儀作法の教師に叩き込まれた挨拶をする。ドレスを摘み、膝を軽く折って礼をするが、指がブルブルと震えているのは止めようがなかった。

アーカスタはそんなルルを見て眉をひそめる。

「ルル、やはり具合が悪いか。いつにも増して顔が真っ白だ」

「あ、あの……はい、申し訳ありません。や、夜会で、少々風邪を……」

「それは心配ですなあ。無理にお呼び立てしてしまって申し訳ない」

エルシの父、ダルシオは長い歴史を持つ貴族によくいる細面の繊細な顔つきをしている。

華やかな外見の息子エルシとは違い、やや神経質そうな静かな青い目と、ほとんど白に近いプラチナブロンド、そして骨ばった細身の体つきをしていて、それをごまかすように立派な口ひげを生やしているのが少々アンバランスな風貌だった。

「いや、この御方はつい先日コサスタに来られましてな。とても高貴なご身分なので、自由に動くのもそう簡単ではありませんから、毎度お忍びでの来訪なのですが、まあ方々へ旅行をしていらっしゃる。もちろんコサスタ語も嗜んでいらっしゃるが、こちらのルリアネール嬢が語学に堪能だと聞いて、ぜひ通訳を頼みたいと仰るものですから」

「いやあ、うちの娘をご指名いただけるとは、光栄です」

「何、未来の愚息の花嫁ですからな。やはり人との繋がりは重要です。他国に知り合いを作っておいても、損はないですぞ、ルリアネール嬢。この方は富裕な貴族であちこちに顔が広く色々とご存じだ。広い世界を教えていただくとよいでしょう」

「え、ええ……ありがとうございます、公爵様……」

ほぼ父たちの会話が頭に入ってこなかったが、ルルはようやっとそう返事をする。

（どうして……何で、この人がよりによってうちにいるのですか。まさか、エルシのお父様の知り合いだったなんて……）

呆然としているルルに、『お忍びの高貴な人物』は白い歯を見せて魅力的に微笑みかける。

「どうも。『初めまして』、ルリアネール嬢。私はトスケ王国から参りました、オラント・

デュマンと申します」

しれっと初対面のような挨拶をトスケ語でするオラントに、思わず間違いを正そうとしてしまい、ルルはハッと我に返って青ざめる。

違う、ここは初対面であるべきなのだ。嘘をつかなくてはいけない。何より、父とデンペルス公爵、この二人にあのことが露見してしまってはいけないのだから。

「は……初めまして。どうぞ、ルルとお呼びください……名前が長いので……」

「そうですか。では、お言葉に甘えて、ルル。話には聞いていましたが、あなたのトスケ語は完璧ですね。他にも多くの言語をお使いになるのだとか」

頷きながら、ルルはオラントの思惑が理解できず上の空だ。頭は凄まじい速さで回転し、今の状況を把握しようとしてパンク寸前になっている。

「ルル、デュマン様は婚約者への贈り物として、間違いのない素晴らしい宝石をお求めになって、我が家へ来てくださったのだ」

「は、はあ……」

「しばらくはコサスタに逗留《とうりゅう》されるとのことだから、お前がデュマン様の通訳として、求められればいつでもお助けして差し上げるように」

アーカスタは何も知らずにオラントを高貴な客人として扱っている。上等な顧客を扱うときの最上級の微笑みで親しげに話しかけている。

「トスケには以前は度々行っていまして、しばらく足が遠のいていますが、何か変わったことはありませんか」

「平和そのものですよ。今は過ごしやすい季節ですから、ぜひまたお越しください。来月には我が国原産の花テリップの祭りも開催されます」

「それは素晴らしい。数年前に楽しみましたが、最高のものでした。近々ぜひとも伺いたいですね。そういえば、国王がしばらく表に出ていないとか。ご病気との噂もありますが」

「さあ、そういった話は聞いていません。高齢ですので周りに表立った仕事は任せているのでしょう」

「そうですか。頼もしい跡継ぎもいらっしゃいますしね。第一王子のドルーゲンさまは民衆に大層人気だとか」

ルルはトスケのことをよく知っているという風にアピールする父にヒヤヒヤする。オラントがあまり喋って自分とのことがバレてしまわないかと気が気ではない。

二人の会話のちょっとした間に、デンペルス公爵が口を挟んだ。

「私はアーカスタ殿と少々商談があるので、デュマン殿に、ルリアネール嬢にこのお屋敷を案内していただいても構いませんか。以前、私があなたにそうしてもらったとき、とても忘れ難い体験をさせてもらったので」

「ええ、もちろん。大丈夫だな、ルル？」

父の命令には、頷くことしか知らないルルである。

しかし、これで確信した。デンペルス公爵も、父アーカスタも、ルルとオラントの間にあったことにまったく気づいていない。そうでなければ、屋敷の中とはいえ、二人きりにするはずがないからである。

応接室を出ると、オラントはまだぼうっとしているルルを見て小さく笑う。

「何だ、その顔は。そんなにショックだったか」

「ショックというか……なぜ、こんなことに？　あなたの考えていることがまるでわかりません」

「そうか。俺は君の考えていることがよくわかる。きっと俺と二度と会うまいと引きこもるつもりだったのだろう」

まさしくその通りである。しかし、ルルのような立場の女性が昨夜のような体験をしてしまったとなれば、当然二度目の過ちは避けようとするはずだ。

「だ、だから自ら私の家にやって来たというのですか？　しかも、私の婚約者の親まで連れて……」

「元々デンペルス家とは既知の仲でな。今回立ち寄る予定はなかったが、君がそこの次男坊と婚約しているというから、丁度いいと思って声をかけたまでだ」

「な……何て恐ろしいことを……」

知人の息子の婚約者と関係を持ったことなどおくびにも出さず、ルルに再び会うために利用するとは、何という冷酷さだろう。

何も知らない二人の当主のお墨つきで、ルルはオラントに呼び出されれば会わなくてはならない身の上となってしまった。どうしてこんなことになってしまったのだろうか。

「あっ……、そういえばさっき、あなたは婚約者がいるという話だったじゃありませんか」

「ああ、そうだが……それがどうかしたか」

「ど、どうかしたか、じゃありませんよ。私とのことは、その方に対する裏切り行為でしょう。なのに、どうして……」

「まあ、正確に言えば婚約者が『いた』だな。国を出る前に別れてきた」

「な……何ですって」

ルルは目を丸くした。再び卒倒しそうになるが、この男といると何度倒れてもきりがないかもしれない。

「それじゃ、あなたは私の父と公爵様に嘘をついたのですか」

「婚約者がいると言っておいた方が警戒されないだろう。方便というやつだ」

「ひ、ひどいです……どうしてそこまでして……」

「わからないのか」

　オラントは真顔になってルルを見つめる。その輝くばかりの黄金の瞳に凝視されると、心臓がひどく高鳴って、金縛りにあったようにルルは動けなくなってしまう。

「君が欲しいからだ。君を俺だけのものにしたい」

「で……、で、ですから、最初から言っているじゃないですか。私は既に……」

「そんなことは俺には関係ない。異国で出会った美しく愉快で、そして極上の体を持った女を我が物にしたい。それだけの話だ」

　極上の体などとはっきり口にされ、アワアワと周りを見回すが、幸い使用人は近くにはいなかった。

（この人とここで話しているのは危険過ぎます……！　いつ誰に聞かれるかわからないというのに、全然遠慮もなしに喋りたいように喋ってしまう。恐ろしく厄介な人物と関わってしまいました……）

　たまらずルルはオラントを引っ張って通路を進む。

　屋敷の中を案内しろと言われたが、オラントは特に珍しがって観察するでもなく、ただルルだけを見ているので無意味だ。しかし、ルルは父に命令されたことを違えない。とっとと命じられたことを遂行して、この男と離れたかった。

「とにかく、案内いたします。ギューゼント家は国随一の宝石商。父が建てたこの屋敷も、随所に宝石がちりばめられています」

「なるほど……金剛石《ダイヤモンド》のシャンデリアに、琥珀《アンバー》の壁、瑠璃《ラピスラズリ》の柱……こいつはなかなか金のかかった屋敷だな。ん？　あそこのステンドグラスの印は……」

オランドが天井近くにあるステンドグラスの模様に目を留める。ああ、とルルは彼が何が気になっているのかわかった。

「紋章のように見えるのですね」

「ああ。ギューゼント家は爵位を持っていたのか」

「いえ、違います。れっきとした平民です。ただ、父が考案して我が家の紋章のようなものをあそこに作らせたのです」

「ふむ、なるほど。野心的というか、何というか」

「父は貴族になりたいのです。私はその戦略のひとつ。歴史あるデンペルス家と繋がりを持つことで貴族に近づきたい、と考えているのでしょう」

家を象徴する印である紋章は、爵位を持つ貴族にしか許されていない。ステンドグラスで表されているのは赤い薔薇と鷹だ。豪奢で華美なものを好むアーカスタの趣味である。

しかしいくら貴族になりたくとも、平民である限りはそれが叶わない。デンペルス家に嫁ぐルルは貴族の仲間入りを果たし、その父であるアーカスタも貴族の娘を持つ者となるが、彼自身やその家が貴族になれるわけではない。

「君は貴族と繋がりを持つための大切な駒ということだな。アーカスタ殿も強欲な人だ」

「父は……その他のことは何もかも手に入れましたから。育ててくれた恩に報いるためにも、私は自分の役割を果たさなくてはいけません」

それが目の前のこの男のせいで危うくなっている。そんな焦燥感に駆られて、ルルは淡いため息を落とした。

「しかし、こんなにそこら中に宝石が仕込まれているんじゃ、客人や使用人が多少ちょろまかしてもわからなそうだな」

「そのために屋敷内のあらゆる場所に見張りがおります。父も目敏《めざと》い人ですので、ひとつでもなくなっていればすぐに気づいてしまいますし」

そんな事件が過去数件あったらしいが、すべてアーカスタに看破され、犯人は直ちに放《ほう》逐《ちく》されている。

ルルは父のその観察眼が恐ろしかった。自分の変化もたちまち見破られてしまうに違いない。想像するだけで、あまりの恐怖に指のダンスが止まらなくなる。

「だが俺はどんな宝石より、目の前の比類なき水晶《クリスタル》が気に入った。摘んで帰るとしようか」

「や、や、やめてください。私は水晶ではありません。連れ去れば誘拐になります」

不穏な発言をやめないオラントに恐れをなし、ルルは屋敷の中で唯一見張りのいない場所に危険な男を連れて行くことにした。

それはルルの唯一の居場所、書庫である。

この屋敷ができた後に建て増した離れのようになっている部屋で、そこには五万冊近くはあろうかという蔵書が収まり、いくつかの長椅子や机が置いてあるものの、利用している者はルルのみだった。

書庫に入るなり、壁を埋め尽くす本棚の数にオラントは感嘆の声を上げる。

「これはすごいな。ここには宝石の装飾は使われていないようだが」

「ええ。ここは父が集めた書物を置いておくだけの場所ですので、滅多に人は入りませんし、見せるための装飾も不要なのです」

アーカスタの収集癖は飽くまで書物の中身ではなく外側の装丁にあった。本は高級品であり、様々な工夫がその装丁に凝らされている。それを芸術品と考えたアーカスタは各地のあらゆる書物を集めるようになったのだ。

家族の誰もその中身には気にも留めなかったが、そこで幸福を得たのがルルであった。

様々な言語で書かれた書物を読み漁り、ありとあらゆる知識が眠っているギューゼント家の書庫は、ルルの楽園だった。どこにどんな本があるのか、すぐに説明することができる。まるでこの書庫の管理人だ。

「なるほど、君はここで言語を学んだのかな」

「ええ、そうです。一日中、一生ここにいても私はきっと飽きません。普段ここには私以外誰も来ないんです。……ああ、そうだ、オラント、見てください」

ルルは思い立ち、奥まった棚へ行きひとつの古びた書物を手に取る。

長い年月を経てもなお気品と美しさを失わない、藍色に染め抜かれた山羊の革に金箔で文字が型押しされている豪奢な本である。

「これは……トスケ古語で書かれているな」

「ええ、そうなんです。私はこの美しい本に書かれていることがどうしても読みたくて、トスケ古語を習得しました」

「そうだったのか。それで、内容はどんなものだった？」

「トスケの国としての成り立ちに関して書かれた本でした。面白かったですよ。時にはコサスタと手を組んで、かつて王だった一族が反乱を起こし再び国に君臨したり……けれどそれでうっかりコサスタに占領されそうになったり。そんな細かいこと、というかちょっと滑稽《こっけい》な経緯は歴史の授業では習いませんし」

「確かに、コサスタとは一部で手を組んだり戦ったりと複雑な歴史があるな。隣国というものは仲が悪いのが常だが、我が国とこちらはそうでもない」

オラントは珍しげに古い書物を矯《た》めつ眇《すが》めつ観察している。

「しかし、トスケ古語で書かれた書物まであるのか。君の父上はどこでこんなものを手に入れてきたんだ？」

「これは確かデンペルス公爵から譲り受けたものだったはずです」

「何、彼の持ち物だったのか」

「デンペルス家は長い歴史のある家なので、公爵も様々な珍しいものをお持ちなんです。父が公爵のお屋敷に伺った折にこの本を見つけ、頼み込んで譲ってもらったと話していました。この一冊だけでなく他にも何冊かいただいたようです」

「誰も読めないような書物を欲しがるとは、君の父も本当に変わっているな。公爵もか。まあ、装丁のコレクションならば中身は問題ではないのだろうが……」

オラントは周囲の本棚をぐるりと見渡す。

整然と並んだ数多《あまた》の書物たちが静かにただ眠っているこの場所で、僅かに居心地の悪さを感じたように軽く肩をすくめた。

「それにしても、君はどうして言語を学ぶのが好きなんだ？　ルル。この書庫に一生いてもいいと言うくらい内に籠もっているのに、なぜ他国の言語を学ぶ？　そこへ出かける予定も希望もないのに」

「決まっているでしょう。他のどんなものより面白いからです」

「面白い……？　だが、実際使うつもりはないのだろう？　言語は会話の手段だ。君は他人との交流を嫌っているようだし、それなのに言語には興味があるというのが、俺には矛盾しているように思えるのだが」

「矛盾はしていません。言語は確かに意思疎通の手段ですが、その言葉が生まれたその成り立ち、変遷の経緯、文法や語彙《ごい》、発音など、知ろうと思えばあまりに奥が深いのです。その国の歴史、背景が自ずと見えてきます。そして、何より私には言語の色が見えます。香りすら嗅げるような気がします。味だって……」

うっとりと捲し立てかけて、はたと口をつむぐ。オラントをやや恨みがましい目で見上げ、両手の指を揉み合わせる。

「また私の話を遮りますか？　オラント。私の言語の話はわからないので退屈なのでは」

「いや、今のは俺が聞いたんだ。俺が知りたかったから質問した。それを遮りはしないさ」

「そうですか」

ルルは安堵し、改めて口を開いた。

「とにかく、私は言語を学ぶのが好きなのです。その言語を深く知るにつれてその美しさにとらわれ、夢中になってしまいます。それぞれに色があり、風合いがあり、味わいがあります。コサスタの言葉は風と森。薄い緑色を帯びた青です。トスケは暁の色。砂漠と熟した果実……芳醇な香りです」

語っている内にどんどん熱が籠もっていってしまう。瞳は潤み、頬は上気し、胸は弾み、ルルはまるで愛してやまない恋人のことを表現するように言語を讃えた。

「そして、私が最も惹かれたのはトスケ古語でした。今までは書物の上でしか知らなかった唯一の言葉が、あなたによって紡がれていたときの私の驚きと感動……それがわかりますか。あの言葉は黄金の色。ああ、芸術と美の神々が奏でる素晴らしい旋律……」

「ちょっと待て……待ってくれ」

しないと言ったのにまたもや遮ったオラントに、ルルは非難の目を向けた。

「何ですか、もう！」

「すまない……聞いているのが辛くなってきた」

「何が辛いというんです。また難しいことを言ってしまいましたか」

「違う。君が何より言語を、トスケ古語を愛していることはよくわかった。わかり過ぎた……。俺は所詮、トスケ古語を喋る男だから君に興味を持たれたのだろうな」

「はい、その通りです」

今更何を、とルルは首を傾げる。

「私は他人に興味がありませんので、あなたがトスケ古語を話していなければ声をかけませんでした。酔いもありましたがあなたの家に行ったのもトスケ古語をもっと聞きたかったからです。あなたもご存じのはずですよね」

「う……それはもちろんわかっている。君は率直な分、容赦がないな……」

どういうわけか落ち込んだようにに見えるオラントを、ふしぎそうな眼差しでルルは見つめた。

「でも、あなただって私がトスケ古語を知っていたから、私に興味を抱いたのでしょう？オラント。私と同じではないですか」

「それは最初のきっかけだ。君が数多の言語を解する素晴らしい女性であることは大きな魅力だが、それ以上に、今では君自身を好ましいと思っているんだ、俺は。だが君は、きっと今でも俺のことをトスケ古語を話せる男としか見ていない」

「それの何がいけないのかわかりません、オラント……」

責めるようなオラントの口調に、ルルは困惑する。

「そもそも、私の言語へのイメージは実際の発音や抑揚を聞かないと完成されないものです。父の商売の関係で様々な国の人々がここを訪れるので、私は多くの言語を聞くことが叶っていました。ただ、トスケ古語だけはそれがなかった……だから私のこの言葉への印象はあなたによって完成されたのです」

「……つまりトスケ古語の……君が言った黄金の色や、素晴らしい旋律といった印象は、俺が与えたということか」

「そうです。あなたの瞳が黄金色なので、それが影響したことは確実ですし、あなたの美しい声が……お喋りをするその抑揚、発音が天上の音楽となって私に響いたのです」

「ふむ……そうか」

オラントはにわかに自信を取り戻したかのように甘く微笑む。

「それでは、トスケ古語はこの俺と同義……君がトスケ古語を愛してやまないということは、俺を愛していると、そういうことだな」

「え？　いえ、それは違うと思うのですが」

「そうか、なるほど。昨夜もそうだったが君の誘惑は少々わかりにくいな。だが、そこも面白い」

オラントはずいとルルに迫り、長い両腕で抱き締めた。

素面《しらふ》の状態であるルルは接触に過敏であり、突然の抱擁にビクリと大きく震える。

「や、な、何で……は、離してください、オラント！」

「なぜだ。ずっとこうしたかった。早朝に君をこの屋敷に送ってからずっと飢えていたんだ」

「だめです、もうあんなことは絶対っ……」

「一度も二度も三度も同じだ、ルル。君は天性の感度の高さがある。楽しまないのは己の肉体の欲求を裏切っているということだ。君は君自身に誠実であるべきだぞ」

オラントが何を言っているのかわからなかった。ただルルは他人に触れられるのが苦手なだけなのだ。確かに昨夜は思い出したくもないほど乱れてしまったが、それはアルコールのせいに違いないと思っていた。

混乱している間に唇を吸われている。敏感な唇を、口内を舌で愛撫され、ルルは初めてのときと変わらない、それ以上に強い刺激に腰を痙攣させた。

「うぅっ！　ふぅ……う、んうぅ……っ」

逞しい腕に抱き締められて逃げられない。オラントの香りに包まれて、ルルは昨夜酒を飲んだときのような陶酔感を覚えて、クラクラと目眩に襲われた。

（あ……オラントの太い舌が……私の口の中を……あぁ、これじゃまるで、あの大きな蛇が私の中に入ってきたときみたいです……）

思わず昨夜の感覚を思い出してしまい、ルルは全身がカッと燃えるように熱くなった。

本棚に押しつけられ、唇を蹂躙《じゅうりん》されながら、オラントは大きな手でルルのドレスの胸元を引き下げ、乳房を揉み、乳頭を転がす。もう片方の手でドレスの裾をからげて、ガーターベルトとストッキング以外何もつけていない下肢にぬるぬると指を這わせる。

「ひぃぃッ！」

飛び上がって悲鳴を上げるルルをオラントは容易く押さえつける。弾みで飛んだ眼鏡をオラントがキャッチし、側の本棚に丁寧に置く。

ぬるついた指で膨らんだ花芯を転がされれば、痺れるような強烈な快感と共に、たちまち腰が萎えて下腹部が熱くなり、呆気なく肉体の感覚に理性が支配されかける。

「ふふ……またすごい洪水だ。キスだけでこんなに……君はなんて可愛いんだ」

「はふぁっ……！　あ、ひぁ、らめ、れす、ったらぁ！　こ、ここ、私の屋敷で、お父様、がぁ……っ」

「ここには誰も来ないと言ったのは君だろう、ルル……。まあ、確かに屋敷内を案内してもらうという理由で出て来た以上、昨夜のようにずっとというわけにはいかないな……」

「そ、そう、れす、も、やめ……」

「うん……だから少しだけにしよう」

にゅるりとオラントの太い指がルルの中に入る。そして敏感なしこりを内側から的確に刺激され、ルルは頭を打ち振って必死に快感から逃げようとする。

「やあぁっ！　あ、そ、そこ、や、あ、はうぅ……っ」

「時間が足りないよ、ルル……君をずっと俺の部屋に閉じ込めて、何度も何度も耽っていたいのに……」

「そんな、あ、らめ、らめぇ、あ、や、あぁーー」

あっという間に勢いよく潮を噴いてしまい、大量に蜜がこぼれる。オラントは指を引き抜き、自らのものを取り出し、ルルの片脚を持ち上げて、ぱっくりと開いたずぶ濡れの花びらのあわいにぐじゅりと押し込んだ。

「おぐぅっ……！」

稲妻がルルの体の中心を貫いた。あまりの衝撃に一瞬意識が飛ぶ。

巨大なものに串刺しにされる感覚。あり得ないほど拡げられてしまっている花園の奥に、容赦なく傲慢《ごうまん》な蛇の頭がぐっぽりと嵌り込む。

「はぉ……あ……お、っきぃ……おっき、過ぎますぅ……」

「ふぅ……あぁ、すごい中が動いてる……」

「あはぅぅ……、うぅ、らめ、らめえす、あは、ぁ、ああぅ」

「ああ……また一晩中、一日中でもこうしていたい……本当に厄介な人を見つけちまったなぁ……こんなに夢中になるなんて……」

立っている方の片脚が不安定になり、がくりと崩れそうになるのを、オラントが抱え上げ、ルルは自分の体重の重みでより深く巨根を呑み込んでしまう。

「んおっ！　ぉ、お、ふ、深ぁ、あ、はあぁ、や、あ、ひぃあ、あああぁ」

「ふう……ふぅ……あぁ、すごい……中の肉がぎゅるぎゅる巻きつくみたいに締めつけてくる……最高だ……」

オラントは掠れた声で囁き、強靭な腰を動かし、ルルの腰を摑んで、その小さな体を揺らしてぐじゅぐじゅずぼずぼと激しく抜き差しをする。

「はおおぉっ！　あっ！　は、あはぁ、あ、んおぉ、お、あ、はあ……っ！」

子宮にめり込むほどに深々と抉られ、何度も絶頂に打ち上げられ、ルルは白目を剝いて本能のままの声で叫び、オラントの分厚い背中にしがみつく。

（もう、絶対会わない、絶対しないと決めたのに、何で私はまたオラントとこんなことになっているんでしょう……？　あぁ、もう何もわかりません……気持ちよくて気持ちよくて、何も考えられません……)

肌にしっとりと汗を浮かべながら、オラントの腰の上で、ルルはリズミカルに跳ねている。

もうオラントに揺らされるばかりではなかった。自ら腰を振り、極太の肉棒を呑み込み、甘い甘い快楽を貪り、アクメに飛び続けるのに夢中になっていた。

「はぉ、お、はぁあぁあ、あ、んぅっ! ふ、ふ、あっ、あ、はう、ほ、あはぁぁ……っ」

「ずっと達しているな、ルル……ああ、いい香りが漂ってきた……君の発情した興奮の甘い香り……ああ、たまらない……」

口を強く吸われながら、ルルは絶頂の発作にガクガクと大きく震える。

今誰かがこの書庫に入って来たとしても、自分は気づけないだろう、とルルは快楽に呑まれた頭の片隅で考える。

父アーカスタが入って来たら? エルシの父、デンペルス公爵が入って来たら?

実際にそんな想像をすれば、普段のルルならばたちまち震え上がって怯えるはずなのに、今のルルが感じられるのはオラントの巨根のことだけだった。

「はぁ、あ、あっ、んっ、ふぅっ、んあ、お、おぉ、あ、はぁあ」

「気持ちいいか……? ルル……顔を見れば一目瞭然だが……俺とするのが好きか……?」

「はぁ、はぁっ、あ、す、好き、好きれす」

「じゃあ、これからも俺と会ってくれるな？　俺が望むままに契ってくれるな？」

ルルはオラントに言われるままにガクガクと頷く。今感じているこの極上の快楽を手放すなど考えられなかった。小指の先程の小ささになってしまった理性が何か喚いているが、よだれを垂らしてオラントの逞しいものを味わっているルルにはまったく聞こえない。

小柄とはいえ人ひとりの重さを物ともせず、オラントはルルを抱き続けた。重たげにバウンドするルルの丸い乳房を舐め、乳頭に吸いついて引っ張りながら、反り返ったものでどちゅどちゅぐぽぐぽとルルの子宮を執拗にいじめ続けた。

「ほおっ！　お、は、はふ、あ、あぁ、ふあア」

「く……、き、きつい……絞られる……ッ」

オラントは高まった声を上げ、ルルの最奥でごぷごぷと濃厚な精を放つ。

ルルも何度目かわからない絶頂に達しながら、目を白くして痙攣し、熱い精の感触を腹の奥で味わったのだった。

＊＊＊

それから後オラントは無遠慮にルルを呼び出すようになった。

あるときは直接オラントの屋敷に呼び出してルルを抱き、またあるときは外で食事をとり、人気のない森の中で行為に及び、あるときは再び書庫に行ってルルを愉しんだ。

そして今宵は庶民ばかりの酒場に連れて行かれ、猥雑《わいざつ》な雰囲気の中、酔って陽気になったオラントは、トルーというコサスタの弦楽器を巧みに掻き鳴らしながら、伸びやかな美しい声で歌い、酔客たちの拍手喝采を浴びていた。

（どうして私はこんなところにいるんでしょう……。ああ、一刻も早く書庫に帰りたい。それか、もっと静かなところ……）

音を過敏に感じ取ってしまうルルにとって、こういった賑やかな場所は苦痛でしかない。オラントがひどく気さくに色んな客に話しかけたり楽しそうにしているものだから言えないが、本当は必死で我慢をして大人しく椅子に座っているのだ。

「きゃあオラント、久しぶりね！　何よ、来ていたならどうして連絡をくれないの」

「やあ、ミナ。今日も美人だね。仕事で忙しくてさ、ごめんよ」

ハグをしてキスをするオラントと美女を眺めながら、ルルはやるせない気持ちになる。

（もう何人目でしょうか……。オラントは相当多くの女性と知り合いのようですね。男性ともたくさん話をしていますが、女性たちとの方が仲が深そうです）

コサスタにはよく来ているようなのでそうふしぎではないかもしれないが、なんとなくオラントと女性たちの間に濃密な空気が流れているような気がして、ソワソワするルルである。

中には露骨に体の関係をほのめかせるような女性もおり、ああそういうことか、と察するのが苦手なルルでも理解できてしまう。何しろ、女性たちは皆オラントと一緒の席についているルルを見て敵意丸出しの目つきをするのだ。

「オラント……もう限界です」

人々から解放された一瞬の隙に、こっそりと訴える。

「私は賑やかな場所が苦手なのです。お願いですから、私だけでも帰らせてください」

「ああ、そうか。すまない。わかった、わかった、もう出よう」

あっさりとオラントは酒場を出て待機していた馬車に乗り込む。

ようやく騒音から抜け出せたルルは安堵のため息をつく。オラントはルルの肩を抱き、頭にキスをした。

「君はああいう場所が苦手だったな。夜会でもバルコニーにいたのに、気が回らなかった。許してくれ」

「いえ、あなたが楽しみたいのならいくらでもいていいのです。ただ、私を伴っていくのはご勘弁ください」

「すまない。なるべく君と一緒にいたかったんだ。どこに行くにしてもね」

そうはいっても、いつ父に感づかれるか気が気ではないルルは、オラントに呼び出される度に縮み上がっている。

しかし父がデンペルス公爵の知人であるオラントの頼みを断ることをよしとしないし、ルルも下手にオラントに逆らって自分たちの関係を暴露されてしまったら、と怯えているので、結局お呼びがかかれば何にせよ従うしかないのだった。

「オラント、あなたはしょっちゅうああいう場所へ行くのですか」

「まあ、しょっちゅうというか、目的があればね」

「目的……？」

オラントはあの酒場で飲んで食べて、歌ったり踊ったり、楽器を奏でたりお喋りをしていただけだ。

「ああいう場所は時に色々な情報が手に入るんだ。だから知りたいことがあるときはまずその土地の酒場に行くのさ」

「知りたいこと、ですか。何かを調べているのですか？」

「まあ、そうだな。調べものをしにコサスタへ来たといってもいいな。今のところいい情報はあまりないんだが」

　酒場で知り得る情報に信憑性はあるのだろうか。特に、オラントのような裕福な貴族が行くような場所ではないし、そういう相手には正直なところは話さないのではないか。

　だが彼の知りたいことがそういった下々《しもじも》の環境に関することならば有益なものもあるかもしれないし、オラントは吟遊詩人のような真似をしてすっかりあの場に馴染んでいた。

ルルだけが襲いくる騒音と戦いながら、ちびちび水を飲んで時間が過ぎるのを待っていたのだ。

(それじゃ、私たちが出会ったあの夜会にも、オラントは調べものをしに来ていたのかもしれません。きっと夜会で知りたい情報がなかったので、今度は酒場に来てみたのでしょう)

　それならばバルコニーで従者とヒソヒソとトスケ古語で会話をしていたのも頷ける。単純に夜会を楽しむために招待に応じたのではなかったらしい。

「何を調べているのですか」

「まあ、それは追々。何しろ、極秘な任務だからな」

「そんなに大変なことなのですか」

「そうだなあ。君に出会ってしまった運命的な事件よりかは、大事《おおごと》ではないな」

「わけがわかりません。もっと理解しやすい言い回しにしてください」

ルルが思ったままに返すと、オラントはおかしそうに笑っている。

始終こんな調子なので、その極秘任務とやらも本当のことかどうかわからない。

オラントの屋敷に到着し、ろくに食べられなかったルルのために食事を用意させようと執事のロミロに声をかけると、いつも落ち着いた様子だった老人は青ざめて主人の顔を見るやいなや泣きそうな顔をする。

「オラント様！　大変でございます」

「一体どうした」

「あの……オラント様のお部屋にありました宝石箱が、なくなっているのです」

「なに」

オラントは眉をひそめる。

「賊でも入ったのか」

「いいえ、それらしき者はどこにも……窓も扉もすべて鍵が閉まっておりましたし、壊された形跡もございません」

「俺が不在の間に来た客人は？」

「今日はおりませんでした。朝にお部屋を掃除したメイドは、そのときには宝石箱はそこにあったと申しておりますし……」

「では屋敷にいた使用人の誰かが盗んだのですね」

ルルが呟くと、執事ロミロと周りにいたメイドたちは硬直する。

「まあ、待て、ルル。そうと決まったわけでもない」

「でも外から入った者は誰もいないのでしょう?」

「そのようだが、しかし……」

身内を信じたいオラントが躊躇《ためら》う様子なのにも構わず、ルルは淡々と質問する。

「その宝石箱とはどのくらいの大きさなのですか」

「俺の掌ほどだ。指輪やブローチなど細々したものが入っていた」

「そうですか。持ち歩ける大きさではなさそうですね。使用人たちの部屋をチェックすればどこかから出てくるのではないですか」

「ま、まだ、そこまでは……使用人が盗んだと決まったわけでもないですし……」

ロミロは汗をかいてしどろもどろになっている。

使用人以外に誰が盗めるというのだろう。そしてすぐに問題が解決するかもしれないのに、なぜ部屋を調べないのか。ルルは首を傾げる。

「それにしても、中のものをひとつふたつ盗めば露見するのが遅れたでしょうに、箱ごととは……箱自体も高価なものだったのでしょうか」

「まあ、そうだな。シンプルな造りだが青玉《サファイア》や赤玉《ルビー》があしらわれたものだ。ただの木箱よりは値が張るだろう」

ルルは少し考え、ロミロに訊ねる。

「オラントの部屋に入ったのはどなたですか」

「朝に掃除をしたメイドのベリアと、その後掃除をチェックした私と、そして注文した衣服や彫刻などが届きましたので、それを置きに再び私が昼過ぎに」

「ロミロ様、私もそのとき一緒に参りました」

「あ、ああ。そうでした。このメイド、スーが丁度居合わせましたので、一緒に。いくつか運ばなくてはいけませんでしたので」

「そのときに宝石箱がなくなっているのに気づいたのですね」

「ええ。そのとき何か違和感があって……いつも机の上にあるはずの宝石箱がないと気づいたんです」

ロミロと一緒に部屋に入ったというメイドのスーが胸を張る。

「オラント様は部屋の中のものをほとんど動かしませんから、そこにないのはおかしいと思って」

「そう、このスーが気づきまして……それから部屋中を探したのですが、どこにも」

「わかりました。ところで執事のロミロさん、ちょっと質問してもよろしいでしょうか」

「え、あの、はい」

「先日つけていらした翡翠《ひすい》のカフスボタン、取れてしまったのですか」

ルルに唐突に訊ねられて、ロミロはハッとしたように袖口に手をやった。

「あの、ええ……。留め具の具合が悪くなりまして」

「なんだ、それなら俺に言ってくれれば修理に出したぞ」

「い、いいえ！　オラント様の手を煩《わずら》わせるわけには」

「それをやったのは俺だからな。壊れてしまえば俺に直す責任がある」

「オラント、あなたがロミロさんに贈ったものだったのですね」

「ああ。この屋敷の顔である彼にはみすぼらしい格好はさせられない」

「それでは、懐中時計も？」

「うん？　その通りだが……」

そのときふとオラントが気づいて怪訝な目でロミロを見る。

「ロミロ、その不格好な鉄の鎖はどうした。懐中時計と一緒に金の鎖もやったはずだろう」

「も、申し訳ありません、オラント様。その……」

「ロミロさん、あなたは何らかの事情でお金が必要なのではないですか」

ギクリ、と老執事の顔が硬く強張る。

「こちらに伺う度、あなたの身につけている装飾品が少しずつなくなっているのが気になっていました。あなたは自分のものを売って何とかお金を工面していたのではないですか」

「あ……そ、それは……」

「そして、今回の騒ぎです。あなたは一度箱を持ち去り、似たような箱とすり替えて中身を入れ、オランントの部屋に戻そうとしていたのではないですか。もしくは、箱に飾りとしてついていた宝石を少し拝借して、ガラス玉か何かにすり替えた。ですが、戻すべきときに他の使用人が一緒に部屋に入って来たのでできなかった。そして彼女が宝石箱がないと気づいて、騒ぎになってしまったのではありませんか」

皆がルルの演説に呆気に取られていると、ロミロはぶるぶると震え始める。

「う、うう……、も、申し訳ありません、オラント様……！」

とうとう、老執事はがくりと膝から崩れ落ちた。

オラントは衝撃を受けた顔でロミロの痩せぎすの背中を凝視している。

「ロミロ……まさか、本当に」

「当座をしのいで、また元に戻すつもりでおりました……箱から取った宝石を質屋に預けて、何とかお金を工面して……どうしても、今すぐ、必要なのです……お許しください、どうか……」

「お身内が流行りの感冒にでもかかりましたか」

ロミロは目を見開いてルルを見上げた。

「は……、はい、娘が……。な、なぜそれを」

「今、至急必要と聞いて、病院が膨大な患者数で非常に逼迫《ひっぱく》し、残り少ない薬も価格が高騰していることを思い出しましたので。急にお金が必要になることは他にもあるでしょうが、主人のものにまで手を出してしまうほどですから、大切な方の命に関わることかと」

「ロミロ、なぜそれを早く言わない。長年ここを守ってくれているお前の身内なら俺の身内も同然だ。薬代などすぐに出してやったのに」

「も、申し訳ありません、オラント様、申し訳ありません……っ!」

深い皺《しわ》の刻まれた顔を涙で濡らしながら、ロミロは額を床に擦りつけていた。

動揺した使用人たちがようやく静まり、各々の持ち場へ戻って行った後、オラントは自室に軽食を運ばせ、ルルと杯を合わせた。

　オラントは金色の瞳を輝かせてルルを褒め称える。

「しかし、驚いた。君はすごいな、ルル。話を聞いただけであっという間に事件解決とは」

「私は見たことと知っていることを組み合わせて結論を出しただけです」

「それがすごいと言っている。普通はいちいち執事の格好なんか見ないだろう」

「これでも宝石商の娘ですから、人が身につけている装飾品には目がいってしまうんです。ですから、ただの偶然です」

　単純に装飾品が変わっているだけならば、ずっと同じものは身に着けない、洒落《しゃれ》た人なのだろうとしか思わない。けれど、ロミロはどんどん質素になっていった。顔つきもやや余裕がなくなっていっているように思えたため、ルルは何か事情があるのだろうと感じていたのだ。

「それでも、だ。君は他人に興味がないと言いながらその観察眼は大したものだな。恐れ入ったよ」

「あなたは言語に関しても同じようなことを言いましたが、学びの動機はそれぞれですし、興味と観察もまた違います。私はただ目についたものを記憶してしまうだけなんです。それに興味があるかないかは関係なく」

「ふふ。ますます気に入ったよ。君を手放す気持ちは完全になくなってしまった」

ルルは苦虫を嚙み潰したような顔になり、余計なことをしてしまったと思う。

しかし、目の前に何か謎があれば、ルルはそれを解かずにいられない性分だった。間違いがあれば正したくなり、わかったことがあればすぐ口にしたくなってしまう。

あの場でも、もし自分に人を思いやる余裕があれば、皆の前でロミロの罪を暴露したりはしなかっただろう。

結局、彼は執事を続けることはできなくなった。事情があるとはいえ主人のものを盗んでしまった彼に従う使用人はいないだろう。

オラントの温情で違う働き口を斡旋《あっせん》してもらえるようだが、ルルが時と場所を選べば、他の使用人にも知られず、オラントはロミロをそのまま執事の職に留め置いたかもしれない。

ロミロに何か事情があるのだと感じ取っていたにもかかわらず、ルルはあの場で、自分が理解できたことを発言せずにいられなかったのだ。

今頃そんなことに思い至り、ルルは（またやってしまいました）と恥ずかしく思う。

（私はいつもその場にそぐわない行動をしてしまいます。そのときに自分が思ったり感じたことを表現せずにはいられないのです。そして、空気が読めないと言われてしまいます）

けれど、オランントはそんなルルを責めなかった。ただ事件を解決したことを称賛し、喜んだ。そんな彼の態度をありがたいとも思うし、ルル自身、オランントと会うこと自体は苦痛ではないのだが、自分にはそうも言っていられない事情がある。

(このままではいけません……何とかしなくては)

今はまだ父アーカスタが笑顔で見送ってくれるものの、会う頻度が増えれば疑わしく思い始めるだろう。そして、オラントの方は一向にそんなルルの事情は考慮してくれない。欲望のままに呼び出し続けるので身の破滅はまさに目の前に迫っているのだった。

＊＊＊

翌日、現状に耐えかねたルルは、勇気を振り絞って唯一の友人、サリアの屋敷を訪れた。

サリアは夜会以来に会ったルルを気持ちよく迎えてくれた。

相変わらず花が咲いたようなみずみずしい美しさであり、ルルは優しい笑顔のサリアと対面するだけで、安堵して思わず涙がこぼれてしまいそうになった。

日当たりのいいサロンで、香りのよい紅茶を淹れ、メイドが焼いた甘いマドレーヌをつまみながら、オラントとのことをぽつりぽつりと打ち明ける。

その間、サリアはずっと息を呑んで話に聞き入っていた。

「というわけなのです……。私はどうしたらいいのでしょう、サリア……」

「まあ、ルル……ちょっとびっくりしちゃって、私今何も考えられないわ」

「そうですよね。私ですら、あの夜以来、自分が自分でないようです。どうしたらいいのか、わからなくて……」

サリアは落ち着こうとするように紅茶を飲みながら、ふう、と一息つく。

「ルル……何というか、本当にそんなことがあったの？　いえ、疑っているわけじゃないんだけれど、あなたが……よりにもよってあなたがそんな体験をしているだなんて」

「そうなのです。父もまさか私が、と思っているからこそ、オラントが私を呼び出しても何も気にしていないのでしょうけれど、こんなことが続けばいずれ露見してしまいます」

「そうね……特に、あなたのお父様はデンペルス家とあなたとの結婚に執着しているもの。もしもバレたら……きっと大変なことになるわ」

「ああ、それを言わないでください、サリア」

ルルは顔をしかめて苦しみに耐えるかのように指をしきりに蠢かせる。

「私、私、どうしたらよいのでしょう。お父様に純潔を保てと言われていたのに、もうそれは破ってしまいました。そして、今も破り続けています。オラントは私を呼び出して何度でも関係を結びたがるのです。けれど、その誘いを断れば秘密を暴露されてしまいそうで怖いのです。そして、何も知らないお父様はオラントの呼び出しに応じろと言いますし……もう、何が何だか」

「ああ、可哀想なルル。ずっと悩んでいたのね」

サリアはそっと手を伸ばし、ダンスをやめられないルルの指をそっと握る。抱き締めないのは、ルルが他人との接触が苦手だと知っているからだ。

「困った方ね、その男性も……どれだけ偉い貴族様だか知らないけれど、ルルの事情も無視して自分のやりたい放題……あまりにも傲慢だわ。なんて残酷な人。あなたのことなんてこれっぽっちも考えてくれやしないのね」

ルルはそのとき、サリアがオラントを責める言葉に、ふと反論したい気持ちが湧き起こったことを、ふしぎに思った。

（オラントはサリアの言う通りのひどいことを私にしているというのに、どうして私はサリアの言葉に不服を覚えているのでしょう）

傲慢で残酷。やりたい放題。まさしくオラントを表している言葉だと思うけれど、ルルの中にいる何かが、（そうじゃない、あの人は優しいところもある。私のことを考えてくれるときだってある）と囁くのだ。

実際そんなことがあっただろうかと考えるけれど、オラントの優しさはつまり、ルル自身を認めてくれる、ルルの能力や存在を称賛してくれる、という点だった。

(オラントは私のことを変だ、とは言いません。言語の趣味を褒めてくれますし、私自身のことも……好ましいと思い、手放したくないとまで言います)

これまで誰からもそんな扱いを受けたことのなかったルルは、オラントがあまりに躊躇《ちゅうちょ》なくルルを称えるので、それが優しさだと思えてしまう。

けれど、それはオラントがルルに感じた率直な感情であり、ルルの状況を慮《おもんぱか》ってくれることはない。ただ、ルルを気に入り、自分のものにしようとしているだけだ。俯瞰《ふかん》すればやはり、サリアの言う通り、傲慢で残酷な男だと言える。

「でも安心して、ルル。私いいところを知っているの」

「いいところ……ですか?」

「ええ。男性を知ってしまった体を、たちまち無垢な処女のものにしてしまえる秘薬があるのよ」

ルルは驚きのあまり、指の動きすら止まってしまった。

「そ、そんなまさか。信じられません。体を元の状態に戻す薬があるだなんて」

「そうでしょう。私も初めて聞いたときはびっくりしたわ。でも、そこで確かにその薬を使って、体を元通りにした令嬢がいるというの。その方も結婚前には純潔を求められていたんですって。けれど、一夜の過ちがあって……。それでも、その秘薬のお陰で無事に結婚できたそうよ」

その令嬢の状況はまさしく今のルルである。

ルルは思わず身を乗り出し、サリアに懇願した。

「つ、つ、連れて行ってください、サリア！　私を、そこへ！」

「ええ、もちろんよ。ただ夜まで待ってくれる？　そこは昼間には開いていないの。私もよく知らないんだけれど、治療にはもしかすると一晩中かかるかもしれないから、ご家族には私の家に泊まると言っておいてね。馬車で迎えに行くから」

その秘薬をくれるという場所へサリアと行く手はずを整え、ルルはここ数日覚えがなかった安堵の気持ちに沈み込む。

（ああ、本当によかった。これで何もかも解決です。この体に純潔を取り戻した後は、何かしら理由を作ってオラントに会わなければいいだけです。もし無理やりまたされてしまっても、サリアに頼めばまた連れて行ってくれるでしょうし……）

しかし、男を知ってしまった体を処女のものに戻すとは、一体どんな魔法を使うのだろうか。理論的に考えたところで、ルルには不可能としか思えないが、あの優しいサリアがルルに嘘をつくはずもない。

もしかするととんでもなく高いお金がいるかもしれないし、何か副作用があるかもしれないが、そのときはそのときだ。自分の持っている宝石などを売ればある程度は資金になるだろうし、副作用に関しては程度にもよるが医者を呼べばいい。それがどんなものであれ、医者もまさか処女に戻すための薬の影響だとは思いつかないだろう。

ルルは色々と考え不安になりがちなのを何とか落ち着かせ、日がすっかり沈んだ頃、心を決めて、サリアの馬車に乗ってその場所へと向かった。

馬車は次第に入り組んだ路地を進むようになり、だんだん窓の外の景色も猥雑なものになっていく。

酔って騒ぐ男たち、客引きのために方々に立つ娼婦たち。

いわゆる歓楽街と呼ばれる雑然とした通りだが、ルルたちの乗っている馬車のように、貴族を乗せているだろうと思われるものも行き交い、身分を問わず人々があらゆる欲望を満たしに来る場所の一角のようであった。

「サ、サリア。本当に、ここなのですか」

「ええ。蛇の道は蛇ということね」

馬車が停まったのは立派な建物の前だったが、明らかに娼館であった。

サリアはビクビクしているルルの前を歩き、裏門をノックして、中から顔を出した厚化粧の中年女と何か喋り、そしてルルを建物の内部へ招き入れる。

「話は聞いているよ。さあ、お入り」

女に促され、動揺しているルルは操り人形のように硬い動きで中へ入る。

お忍びで来る客人をここから迎え入れるのだろうか。応接室のような造りになっている室内は家具がアンティークで揃えられており、気品がある。香り高い白薔薇が飾られていて清潔で、この部屋だけを見ればとても娼館とは信じられなかった。そもそも、ルルは娼館などには入ったことがないので他とは比べようがないのだが。

「ルル、この方はこの館の女将《おかみ》さんよ。お昼にも話した令嬢の共通のお知り合いに紹介していただいたの」

「は、はい……よろしくお願いします」

挨拶をするルルを女将は無遠慮な目でじろじろと観察している。

「その辺にはいない上玉だね。こんな綺麗な銀髪は初めて見たよ。肌も、まるで水晶みたいに透き通るほどじゃないのさ。その野暮ったい眼鏡なんかがなけりゃ、もう最高だよ」

「ええ、そうなんですの。彼女は本当に美しい唯一無二の子なんです」

「前にうちにも似たようなのがいたけれど、この子に比べたら石ころみたいなもんだね。

まあ、お座りよ、お嬢さん」

女将はルルに向かい合った長椅子に座るよう促し、サリアに目配せをする。サリアは頷いて、ルルの耳元で囁いた。

「それじゃ、私は帰るわね」

「えっ……。私一人で残るのですか」

「だって……この方があなたを治療してくれるのよ。ルルだってそんなところを私に見られたくはないでしょう?」

サリアに言われて気がついた。これから、このいかにも手練《てだれ》の女性に下半身を晒すということか。

見知らぬ土地で、しかも娼館などという場所で一人で残されることに強い不安を覚えたものの、もしもこれから長い時間かかるのならば、サリアまでずっとここで待たせるわけにはいかなかった。

「わ、わかりました……ここまで連れてきてくれて、ありがとうございます、サリア」

「いいのよ。あなたの人生がかかっているんだもの。頑張って。じゃあ、またね、ルル」

サリアが出て行ってしまうと、一人取り残された恐怖にルルは勝手に蠢く指を絡ませて必死で平静を保とうとする。女将はそんなルルを相変わらず品定めするような目つきで見つめながら、小女が持ってきた飲み物を勧めた。

「お嬢さん、随分緊張しているね。このお茶を飲んで落ち着いたらどう。気持ちを落ち着かせる成分が入っているから」

「は、はい……。ありがとうございます」

カタカタと震える手でカップを持ち、言われるままに口に運ぶ。ハーブティーのような香りとカップの温かさはルルを多少なりとも慰めてくれた。

「処女に戻す薬が欲しいんだって？」

「は……はい。あの、本当にそんな薬があるんですか。ここは、その、娼館ですよね」

「まあね。見ての通り、うちは女を売るところなんだけどさ。処女っていうのは高く売れるんだよ。何しろ、初物は最初の一回だけだからね。価値が高いってわけ。だから、薬でそこを処女の状態に戻して、何度も売りつけてるってわけさ」

なるほどそういうことか、とルルは驚きと共に納得する。あまりにも普段の生活からは遠い世界なので、ここでの価値観などまるで知らなかった。

女将は自分もお茶を飲みながら肩をすくめる。

「しかしね、ここ数年、あんたみたいな令嬢がちらほら来るんだよ。皆若いときから恋人がいるもんだし、今どき貞操観念も何もあったもんじゃないのに、変わらず純潔を求める男ってのも厄介だよねえ。貴族に多いんだけどさ。やっぱり伝統っていうもんなのかね。そういう男ってのは大体、相手に貞操を求めるくせに、自分はこういう場所に来て散々遊んでるもんなのさ。不公平だと思わないかい」

「そ、そうですね……」

もしかすると、エルシも娼婦と楽しんでいたりするのだろうか、と少し想像してみるが、高潔な彼の姿からはまるでそんな光景は思い浮かばない。あの神経質そうな公爵も息子に目を光らせていそうだし、他の貴族の誰が遊んでいても、エルシだけは清らかな生活をしているのではないかと思えた。

「さて、少しは落ち着いたかい、お嬢さん。ここに来たとき随分様子がおかしかったからさ」

「え、ええ……。あの、大丈夫です」

普通の人から見て様子がおかしいのは普段からなのだが、とルルは思うが、確かに女将に勧められたお茶を飲んでから、随分と体がリラックスしてきた。むしろそれを通り越して眠けすら覚える。

「それじゃ、作業に取りかかろうか。何、簡単だよ。股に薬を塗るだけなんだからね。さあ、その重っ苦しいコートを脱ぎなよ」

促されて着てきた毛皮のコートを脱ぐ。身を守ろうとする意識のためか、今夜はさほど寒くもないのに冬のたっぷりしたものを着てきていた。

今日は来客もなく夜会に行くわけでもないので、ルルは普段着姿だ。小花柄の水色のドレスで、胸元には若草色のリボンがついている。

すると、ルルのコートを脱いだ格好を見た女将が、目を丸くして大きな声を上げた。

「あら……何だい何だい、その馬鹿でっかいおっぱいは。びっくりしちゃったじゃないのさ」

「え……、あ、す、すみません」

なぜ自分が謝っているのかわからない。しかし、その秘薬を塗ってもらう前にこの女性の機嫌を損ねてはいけない。そのくらいのことはルルにもわかる。

女将は服の上から躊躇いもなくルルの乳房を持ち上げたり、露出した胸元の肌を撫でたりして感嘆の声を漏らす。

「こんなにすごいもんを隠していただなんて、にくいねえ。この大きさ、形、張り、全部極上だよ。あんた、こんな体じゃ相当の好きものだね。そりゃ、結婚前に処女でいろっていうほうが難しいわけだ」

決めつけるような言い方に、何と答えたらよいのかわからない。好きものどころか、オラントに出会う前は他人と触れ合うことすら稀《まれ》だったのだが、そんなことを言っても女将は信じないだろう。

俄然妙なやる気を見せ始めた女将はルルのドレスの裾をからげて、薬壺を手に取り、積極的に作業を始める。

お茶のお陰か、普段なら悲鳴を上げてしまいそうな接触も、どういうわけかルルは落ち着いて受けることができた。

（何だか、眠いです。先程から感じていたことですが……施術を受ける女性の不安を和らげるために、お茶にそういう成分が入っていたのでしょうか。女将さんに、普段自分でも触らないようなところに触れられても、平気です……）

女将は薬を塗った指でルルの秘所をまんべんなくなぞる。

「嫌だよ、こっちもすごいじゃない。色も形もいいし何より具合が最高だよ。お豆も大きくってさ。こんなんじゃたくさん感じちまうだろう。あたしも十年以上ここで娼館やってるけど、こんな上等な体は初めてだ」

そんなことはもちろんルルには知る由《よし》もないが、手練の女将が言うのだから、そうなのだろう。そこを褒められても嬉しくも何ともないのだが。

「あんた、初めてのときにたくさん血は出たかい」

「あの……あまり、覚えていないのです。酔っていて……」

「なるほどね。多分、あんたはそんなに処女の痛みはなかったタイプだね。まったく、こんなんじゃずっとうちの専属になって欲しいくらいだよ。あんたならすぐにでもナンバーワンだ。保証するよ」

女将は何の話をしているのだろうか。ルルに娼婦になれと言っているのか。

（握手や抱擁ですら嫌なのに、見ず知らずの男性たちと契る仕事なんて絶対に無理です。それに私は会話も何もまともにできないのです。誰かを楽しませるなんて到底できませんし、いくら体がどうのと言ったたって……）

そのとき、ルルは自分の体が妙に火照ってきているのに気がついた。女将はとっくに薬を塗り終わり、ルルのドレスの裾を直したところだったが、おかしな疼きが体中を抱きしめていて、いてもたってもいられない心地だ。

「あ、あの……女将さん……何だか……」

「ああ、体が熱いかい？　早速効いてきたねえ。よしよし、じゃあすぐにでも部屋に行ってもらうよ」

「部屋に……？　これで、処女に戻す治療は、終わりではないのですか」

「今塗ったものは違うよ。あんたには今夜大物のお客をとってもらう。それが代金だよ」

ルルは驚きのあまり、声も出ない。

目を見開いて硬直しているルルをニヤニヤと笑って眺めながら、女将はやれやれと椅子に腰掛け、自分の爪を磨き始める。

「時々ねえ、素人を抱きたいって客が来るのさ。それも貴族やいいところのお嬢さんをね。こっちも秘薬の噂を流していれば、ぜひ処女に戻して欲しいっていう令嬢たちには事欠かない。今夜は大物だよ。大臣様さ。時々こうして内々《ないない》に秘密の愉しみのためにうちに来るってわけ」

「そ、それじゃ……処女に戻すというのは……」

「もちろん、やってあげるよ。そのお客を取った後にね。そうすればあんたも満足だし、うちも上客を満足させられる。どっちにもいい話ってわけさ」

あまりにも予想外の展開に、眠気を催しているルルもさすがに焦る。

「わ、私、そんな話は、聞いていません」

「おや、そうかい。だけど、まさかタダで処女に戻れるなんて思っていないだろう？」

「確かに、お金は必要だと思いました。それはもちろん、お支払いしますので……」

「いくらいいところのお嬢さんだって払えない金額だよ。だって皆、親には内緒で来るんだもの。まあ、中には親が連れてくるケースもあるけどさ。大体皆隠れて遊んでいるわけだからね。持ち出せる金額には限りがある。裕福なお客が一夜の愉しみのために払ってくれる金額とは釣り合わないのさ」

「そんな……」

女将と話している間にも体の火照りは強くなり、そこが何もせずともしっとりと潤ってしまうのがわかる。

（さっき塗られたのは催淫剤の類《たぐい》でしょうか……ああ、なんてこと。どうしてこんなことになってしまったのでしょう。私はただ、家のために、お父様のために、自分の過ちを葬り去りたかっただけなのに……その代償が、一晩とはいえ、娼婦になることだったなんて……）

高額な代金と引き換えならば、客に何をされるかわからない。料金分愉しもうとするだろうし、ひどいことをされるかもしれない。処女に戻す薬があるのならば、そういった客の暴力の痕跡を治す薬だってきっとあるだろう。

考えれば考えるほどルルは怯えた。しかも相手が大臣とは、もしかすると王家御用達の宝石商である父と顔見知りかもしれないし、どんな展開が待っているかわからない。

（どうしましょう。これは処女に戻す薬を諦めて逃げ出した方がいいのでしょうか。けれどそうしたらサリアに迷惑がかかってしまうかもしれません。それに、私はここからどうやって帰ったらいいのかわかりません。馬車も行ってしまったでしょうし……）

混乱している間に、女将が声をかけると強面《こわもて》の大男がやって来て、ひょいとルルを軽く肩に担ぎ、その『部屋』へと運ぼうとする。

「い、嫌です、やめてください！」

「ちょっとの我慢だよ。今までだって散々遊んできたんだろう？　そこに一晩加わったって同じことじゃないか」

散々遊んでなどいないし、ルルが契ったのはオラントただ一人だけだ。

（他の知らない人となんて、絶対に嫌です。もちろん、オラントがいいというわけじゃないのですけれど……オラントとは成り行き上そうなってしまっただけで、不可抗力でした。そもそも、私はエルシに嫁ぐ身。本来はエルシ以外に体を許してはいけないのです。それに、娼婦のような扱いをされるだなんて……オラントではない、他の男性となんて……いえ、オラントだからよかったわけでもないのですけれど……）

ぐるぐると考え込むルルを男は荷物を運ぶように担いで、さっさと応接室を出て絨毯《じゆうたん》が敷き詰められた廊下を歩いて行く。

どこか夢と現実の狭間にいるようなふわふわした状態のルルは、されるがままだ。

よしんば抵抗できる元気があったとしても、こんな大男からすれば小さなルルなど赤子の手をひねるようなものだろう。

きっと運ばれた先にはそのお客がいるに違いない。いよいよ、これから娼婦にならなければいけないのか、と観念したそのときだった。

「おい、そこで何をしている」

遠くから聞き慣れた声がルルの耳を打つ。

けれど、そんなはずはなかった。彼がここにいるはずはないのだ。

（いえ、あり得るかもしれません。何しろ、女好きの方のようですから……でもまさか今、このタイミングで？）

その人物は近づいてきて大男の腕を摑んだようだった。男の背に担がれているルルには その顔が見えない。

けれど、ふわりと漂う、もはや嗅ぎ慣れたエキゾチックな香り。ルルにとっては、トスケ古語の香りでもある。

「彼女をどうするつもりだ」

「お客様。この方は別のお客様のお待ちになっているお部屋に向かう予定です」

「彼女は娼婦だということか」

「はい。少なくとも、今夜は」

「今すぐ彼女を渡せ。俺がその客の倍払おう」

ルルの目にじわりと涙が浮かぶ。

(あなたは本当に私を欲してくれているのですね、オラント。こんな、誰からも見向きもされない私を。エルシの婚約者という唯一の存在意義しか持たない私を)

オラントと男が押し問答を続けていると女将がやって来る。

「何やってんだい、お客様がお待ちなんだよ」

「それが、この方が……」

大男が事情を説明すると、女将は鼻を鳴らしてオラントを観察する。

「なるほどね。お客さん、ここ数日通ってらしたけど、この子が気に入っちゃったわけ。もしかすると、この銀髪のお嬢さんの恋人？」

「そうだ。彼女は俺のものだ。決してここの商品ではない」

「ふぅん……。込み入った話はどうでもいいよ。あんた、倍出すって本当かい。それならうちも文句はないさ」

女将の鶴の一声で話は決まったようだった。

大男に肩から下ろされたルルがよろめくのを、オラントが力強く支える。そのまま元々取ってあったのだろう部屋に真っ直ぐに向かい、中に入るとルルをベッドに横たえた。

金色の瞳は心配げに意識の曖昧《あいまい》なルルを見下ろしている。

「一体何があった。君がなぜこんな場所にいるんだ」

「私は……ここに処女に戻せる薬があると聞いたので……」

「処女に戻す……？　何だ、その怪しげな代物《しろもの》は」

ルルがたどたどしく経緯を説明すると、オラントは盛大に溜息をつく。

「綺麗に騙されたな。しかし、ここでまさかそんな商売をしているとは。素人を騙して使うなんて悪質もいいところだ」

「ただで済むとは、思っていませんでした。ただ、私はどうしても純潔を取り戻したかったのです……父との約束を守るために……」

「なるほどな。俺のせいで君は危ない橋を渡ったというわけか」

「そうですよ。あなたのせいです。私はずっと言っていました。私には婚約者がいて純潔でなければいけないのだと」

思った通りのことを言うと、オラントはあからさまに傷ついた顔をする。

なぜそっちが傷つくのか。色々悩んで傷ついてきたのはこちらの方だ。そう言いたかったが、助けてもらった手前、これ以上彼を追い詰めることはさすがのルルでもあまりに非情に思えた。

「……それで、その怪しい薬は塗ってもらえたのか。処女に戻すっていう薬は」

「まだです……塗られたのはまったく違うものでした。客の相手が終わったら処女に戻す薬を塗ってやると言われていました」

「一体何を塗られたんだ」

「恐らく催淫剤です。その前に眠気を催すようなお茶も飲まされて……」

ふうん、とどこか含みのある顔で鼻を鳴らし、オラントはルルの火照った頬を撫でる。

「体が熱いか、ルル」

「ええ……とても」

「俺に抱いて欲しいか」

オラントの狼のような金色の目に見つめられると、すでにその肌を知っている体がざわめき、ますます疼いてたまらない。

抱かれたいに決まっている。早くこの体に蓄積されたものを解き放って欲しい。けれど、これまでルルは自らオラントにそれを要求したことはなかった。薬のせいで仕方ないとはいえ、理性はまだある。率直に言葉にするのはひどく恥ずかしい。

それをわかっていて言わせようとするオラントが憎たらしくなった。

「いつもこちらの意見など聞かずに強引に抱くくせに、こういうときだけ聞いてくるなんて、あなたは本当に意地悪な人ですね、オラント」

「さっきは君に傷つけられたんだ。これくらいの意趣返しはいいだろう」

「私は事実を言っただけです。それにあなたは今傷ついたかもしれませんが、私はずっと傷つき続けていたんです」

オラントは不意を突かれたような顔をして、悲しげな目をしてルルの頬に口づける。

「悪かった……。そこまで君が思いつめていたとは知らなかったんだ」

「私にとってこの婚約の件は私だけの問題ではないんです。だから、義務を果たそうと必死でした。でも……あなたは私をこうして助けてくれた。そのことには感謝しています、オラント」

ルルはベッドの上から両腕を伸ばし、覆いかぶさるオラントの首を抱き締めた。

その香り、その体温、その感触。ルルはオラントの存在に安堵している自分を認めざるを得ない。

(煩わしいだけだった他人の気配……触れられるのもおぞましかったのに、オラントは全然違います)

酔って一夜を共に過ごし、すべてをさらけ出してしまった唯一の人。他人との接触が不可能だったのが嘘のように、オラントの肌の感触はすでに覚えてしまっている。

「もう、観念しました。悪あがきはやめます。私はすでに純潔ではなく、エルシの婚約者に相応《ふさわ》しくはない……自分の行動が招いた結果です。私はそれを受け入れます」

「自分を悪し様《あざま》に言うのはやめろ。あなたは何も悪くはないし、処女ではないが体は美しく、汚れてなどいない。あなたを抱くほどに、ますます輝いていると感じる……あなたほど清らかな人は他に存在しない。あなたは宝石そのものだ」

「オラント……」

オラントは媚薬で熱くなったルルに触れ、眼鏡を外させ、ドレスを脱がせ、裸の体を抱き締めた。

肌に触れられるだけで、すぐにでも高みに飛んでしまいそうなほど感覚が鋭くなっている。普段から感覚過敏ではあるが、そこに催淫剤と睡眠薬まで加わり、奇妙に曖昧でそれでいて鋭敏に感じるエクスタシーに、ルルは夢見心地で官能の海をさまよっている。

オラントは甘い口づけを繰り返しながら優しく乳房を揉み、下腹部に指を這わせる。すでにしとどに潤っているそこはクチュリと露骨な音を立てて新たに蜜をこぼしている。

「ふぅっ……、あ、ぁ、もう……っ」

「こりゃすごいな……何の薬だかわからんが、このままでは辛いだろう」

「あ、ひぁ、あぁあ……！」

少し指を埋められただけで、ルルは腰を震わせて達した。濡れそぼつ膣肉がオラントの指を離すまいときゅうきゅう締めつけ、皮膚は快感のあまり粟立っている。

オラントは上着を脱いで薄布越しに肌を密着させながら昂ったものを取り出し、すでに欲しくて欲しくてヒクついているそこへ、焦らさず己の半身を埋めた。

「あ……はぁ、あぁぁ……」

「いいか、ルル……苦しくはないか……」

「いい、です……オラント……ああ、もっと……」

苦しいどころか体中が満たされた歓喜に燃え上がっている。ようやく飢えていたものを与えられて、ルルは無意識の内に涙まで流して陶酔し、蕩けるような快楽の甘さに身を任せた。

ゆっくりと動くオラントの男根の形がつぶさにわかってしまう。大きな丸い亀頭が柔らかく子宮口をノックし、張り出した笠が蠢く蜜肉を掻き分け、血管の浮いた逞しい極太の幹がルルの充血した女陰を限界まで拡張し、あふれる愛液を掻き混ぜながらぐちゅぐちゅずっぽずっぽと出入りしている。

たちまちルルは高まり、腹の奥からどっと快感の奔流があふれ、震える四肢の先まで押し寄せる。

「あ……あぁあ……いい、いぃですぅ……あぁ、いきます、う、あ、いぐ、ぅ……ううぅ」

「っく……、す、ごいな……達するときに引きずり込まれそうになる……絞られて呑み込まれる……」

「あはっ、あ、あうぅ、あ、また、いく、うぅ、う、ひあぁ」

一度絶頂の感覚がついてしまうと、ルルはオラントの些細な動きで達してしまうようになった。肌は燃え上がり汗が噴き出て、必死でオラントの背を抱きながら、ルルは快楽の暴走に打ちのめされている。

（やっぱり違う……いつもと違います……気持ちいいけれど、まるで夢の中みたいに現実感がありません……ずっと達していて、体がおかしくなってしまいそうです……）

震え続けるルルを抱き潰すように抱え、オラントは額に汗を浮かべて腰を打ちつける。ぐっぽりと奥に大きなものが嵌め込まれる感覚に、ルルはよだれを垂らしてアクメを味わう。

「はっ、お、お、ほぉっ、あ、んぉ、あ、ふぅ、う、んあぁ……」

「はぁ、はぁ、く、ぅ、俺も、出る……、というか、もう出ているかもしれん……、締まりが、キツ過ぎて……、く、ふ、う、ぁ、あ……っ！」

ばちゅばちゅと肌同士を打ち合わせる音を激しく響かせ、オラントはルルの中に己を放つ。その精の感触にすらルルは感じ浜に打ち上げられた魚のように、はくはくと口を開けながら絶頂に飛ぶ。

精を放っても萎えずますます反り返るものを、今度はルルをうつ伏せにして後ろからぐじゅりと抉り入れる。

「んおぁ、はあっ！　あ、はひぁ……」

ルルは叫んでまた痙攣する。自分の乳房に埋もれながら、腰を掴まれ力強いオラントの律動に身を任せ、激しく立て続けに子宮口を突かれ、くぐもった悲鳴を上げながら達し続ける。

「ふぁ、あ、ひぁ、あぁぁ、お、んぉ、あ、あはぁ」

「はぁ……憎らしいな、その薬とやらが……君は普段から感度が高いが、今は異常なくらいだ……他の男にこうされる予定だったのかと思うと、腸《はらわた》が煮えくり返る……」

「んあぁ、は、あ、オ、ラント……」

確かにこの体の状態では誰に抱かれても容易く達しただろう。けれど、ずっと抱かれてきたオラントだからこそ、何の心配もなく、すべてを解放して快楽を享受できるのだ。

けれど今のルルにそれを説明できる余裕はなかった。ただ肉体の欲を発散したい、薬の効果を出し切ってしまいたい、その一心でオラントとの交わりにすべてを委ねていた。

「はぁあ……っ、いく、あ、また、イ……、ひ、ア、はぁあぁぁ……」

体を捩って絶頂に悶えていると、腰を摑むオラントの指に力がかかり、腰の奥で爆《は》ぜる感触があった。

「くっ……、あ、……ッ、ルル……！」

恐らくルルの体に塗られた催淫剤は男性側にも作用するのだろう。オラントの達するペースもいつもより早まっている。そしていつまでも萎えることはない。

「ふぅ、ふぅ、何だ、この感覚は……止まらん……体中が燃えるようだ……」

「はぁ、あぁあ、あ、オラント、あ、も、もっと、くださいっ……、あなたを、あはぁ、あ」

オラントは体勢を変え、後ろから横抱きにして剛直を突き入れる。ぐちゃりとものすごい音がして愛液や精液が飛び散り、ずぶ濡れになった股間をヒクヒクと痙攣させてルルは大きく絶頂に飛んだ。

「おお、すごいな……見ろ、ルル。さすが趣向の凝らされた娼館だ。あそこに鏡があるぞ」

「え……へぇ、は、あ……」

丁度ベッドの上で交わる二人が見えるように配置された大きな姿見が、ルルたちを冷静に見つめている。

眼鏡を外されたルルは鏡に映ったものがつぶさに見えるわけではない。けれど、そこにぼんやりと自分とオラントの姿があるのはわかった。

しかも、ルルは青白い肌でオラントは褐色であり、その獰猛な蛇は真っ黒な色をしているので、結合部は明らかに理解できた。

(ふ、太いです……そして、引き抜くとどこまでも続くように長くって……ああ、私の脚の間に、あんなに大きなものが……)

ゆるゆると動くオラントの巨大な蛇がぐちゅりぐちゃりと露骨な音を立てて出入りするのを見つめていると、ルルの体はますます燃え盛る。ルルの白い小さな体に対して、大きいオラントの体が脚を大きく抱え上げ、その中央にやはり長大なものをねじ込んでいるのだ。

(ああ、大きい、大きいぃ……こんなに体格の差があるだなんて……あぁ、だめ、だめ、私、おかしくなってしまいます……)

視覚でその格差を捉えると、ひどく高ぶってしまう。オラントもルルが興奮しているのを承知で、ゆっくりと見せつけるようにルルの脚を開かせ、その長さがわかるよう、大きく腰を揺り動かしているのだ。

「はぁあ……あぁ……ああ、すごい……、こんなに、こんなに……」

「こんなに……？　何だ、もっとはっきり言ってみろ」

「は、はおぉ、お、あ、こ、こんなに、大きなものが、あ、わ、私の中に……あ、あぁ、はひあぁぁあぁ……」

大きな頭が子宮にぐりぐりとめり込むように押し上げられ、ルルは抱え上げられた脚のつま先をブルブルと痙攣させ、全身の毛穴から汗を噴いた。

大きく絶頂に飛び、よだれを垂らしながらうっとりと快楽の海に深く埋没する。

「ほおぉ……っ、ほ、お、は……ひあぁ……あハ、あ、あおおぉ……」

「そんなにいいか……ああ、俺も最高だ……君の中は俺を離すまいとぎゅうぎゅうに締めつけて、吸いついて、ひどく搾ってくる……」

オラントは大きく震えて、また精をこぼす。感極まったようにルルを抱き締め、その唇をきつく吸いながら、甘い声を耳の中に注ぎ込む。

「あぁ、永遠にこうしていたいな……君を抱いて、交わって、愛し合って、死ぬまで繋がっていたい……」

「はぁ、あ、お、オラント……」

「可愛いな、ルル……君は最高だ……あぁ、ずっと離さない……君は俺のものだ……」

オラントもすっかり媚薬を刷り込まれて没頭し、腰を振り続け、境目もわからないほどに蕩けて交わった。

二人は上になり下になり、転がったり這い回ったりしながら、飽くことなく交わり続けた。

娼館の他の誰もが疲れ果て眠りについた頃、ようやく薬の効果は薄れ、ルルはオラントの上に突っ伏して体を休めることができた。

お互いに疲れ果て、たった数時間のことで、目はやや落ちくぼみ、頬も痩《こ》けてしまったような気がする。薬はかなり強い効果があったので、その反動で倦怠感がものすごい。体力お化けのオラントも息を喘がせながら、死んだように動けないルルを抱き締めている。

「お、恐ろしい薬でした……やめることもできないなんて」

「普段の君も貪欲ではあるがな。しかし、さすがその道の場所で使われる薬は違うな……。軽いものを使ったことはあるが、こんなにも疲労困憊するほど高ぶってしまうものは初めてだった。俺もひとついただいて行こうかな」

冗談にしては笑えない。ルルが睨みつけると、オラントはおどけて肩をすくめた。

「そういえば、オラント。聞き忘れていました。あなたはどうしてここにいるのですか」

「ああ……そのことか」

「女将の話では今日だけでなく数日通っているそうじゃないですか。ここの娼館のどなたかにご執心なのですか」

「嫉妬してくれるのか？」

　ニヤつくオラントに、ルルは「違います」とはっきり否定するが、聞こえていないのか余計に嬉しそうな顔をしている。

（別に嫉妬しているわけではありません。そりゃ、いい気持ちはしませんけれど、オラントが女好きということはわかっていましたし、彼が娼婦を買おうが私には関係のない話です。もちろん、やめて欲しいとは思いますが、それは個人的な希望ではなく常識的に考えてそうそう女性をお金で買うものではないと……ええ、良心からそう思っているだけです）

　ルルが心の中で自分にそう言い聞かせていると、オラントはにわかに真面目な顔つきになった。

「まあ、実際俺が欲しかったのは女じゃない。情報だ」

「また……情報ですか」

「そうだ。残念ながらこればかりは自分の足を使うしかない。手駒をスパイとして仕込めばもっと効率的だが、外国ではいかんせんそう上手くいかないからな。もちろん俺が一人きりで動いているわけではないが、すべて他人任せにはできない事情がある」

オラントは探っている件の情報を得るために夜会へ行き、酒場へ行っている。そして今度は娼館で話を聞いているらしい。

「オラント、あなたは一体何を調べているのです。そろそろ教えてくれてもいいじゃありませんか」

「極秘と言っているだろう。おいそれと口にできるものじゃない」

「そんなことを言って、本当はここへ遊びに来たのではないですか。情報と言いながら、娼婦の方と楽しんでいたのでは？」

「なんだ、身の潔白を証明しなければいけないか」

「疑われるのは自分の行いが返ってきた結果です」

「なるほど……ふふ、策士だな。まあ……君になら少しは明かしてもいいか」

ルルは無理にオラントの追っている件とやらを聞き出したかったわけではないが、ここまで深くオラントと関わっているのに少しもその件について話してくれないのなら、自分は彼にとってその程度の存在だと判断できる、と思ったのだ。

無論、ルルの性質として、中途半端に事情を知りながら何の情報も得られないという状況はひどくもどかしく、すべてを明らかにしたかった。婉曲表現も空気を読むこともわからないルルにとっては、灰色の現状が最も不快な状態なのだ。

「君は『白薔薇の園』という存在を知っているか、ルル」

「白薔薇の園……?」

少し考えてみるが、今まで見聞きしたことのない単語である。素直に首を横に振ると、オラントはそうだろうな、と頷く。

「とある教団の名前らしい。その教団とこの娼館に、何らかの繋がりがあるらしいという話があるんだ」

「娼館と……? 何だか、教団などとは遠い存在のような気もしますが……」

「そうともいえない。宗教の中には教えに『性』を取り入れたものもある。まあ、大概は邪教の類だが」

そういえば、女将と話をした応接室にも白薔薇が飾ってあった。思い起こせば、大男に客の部屋へ連れて行かれる最中も、館内の至るところに白薔薇が飾ってあったような気がする。

(でも、そんなことは特に珍しくもありません。お父様だって白薔薇が好きで、屋敷の庭園にはたくさんの白薔薇が植えられています)

父は屋敷の中に宝石をあしらったように、自分の領域を美しいもので自分好みに飾るのが好きである。ギューゼント家の紋章のイメージとしては赤い薔薇を用いていたが、いちばん好んでいるのは白薔薇の方だろう。庭園は白い薔薇で埋め尽くされているのだから。

「では、その『白薔薇の園』という団体も、怪しいものであると？」

「少なくとも正当な、表に出られるような教団ではないな。一般の人々は誰もこの名前を知らない。知っていても首を傾げるのであれば、隠さなければいけない種類のものということだ。主旨としては、魔術を使って人を呪ったり、または逆に家を栄えさせたりするらしい」

話が思わぬ方向へ転がり、ルルはふと頬を緩めた。

「魔術……それは面白いですね」

「君はオカルトに興味があるか」

「いいえ、私は確証のない非科学的なことには軒並み否定的です。目に見えるものしか信じられません」

「ああ、そうだろうな。よく知っている」

「魔術を使う教団はこの国にはかつて数え切れないほどありました。当時の王家も魔術に熱心で、政策にも普通に魔術が取り入れられていたそうです。ですが、他国に侵攻され王家がすげ代わり、そういったものは前時代的であるとしてすべて追放されました」

オラントはルルの話を興味深そうに聞いて頷いている。

「なるほど……。この国に魔術の土壌は元々あったわけだ」

「ええ。すべて追放されたといっても、その種の教団が消えたのは表向きのこと。密かに地下では細々と生き続けているものもあるのではないかと思います。長年存在していたものが、あるときを境にゼロになってしまうことはほぼあり得ませんから。その中のひとつが近年、水面下で力を増してきたのではないですか」

「経緯としてはそのようなものだろうな。俺が追っている『白薔薇の園』は確実にこれから事件を起こす。その前に正体を突き止めたいんだ」

確実にこれから事件を起こす、とは穏やかではない。オラントに冗談を言っている様子もなく、ルルは自分が思っているよりも急を要する案件なのではないかと感じた。

(何より、オラントはかなり身分の高い貴族と思われますが、彼自らが調査に動いているというのが気になります。その『白薔薇の園』という教団に関する件は、よほど重要なものなのでしょうか)

オラントはようやく『白薔薇の園』という名前を出してくれたが、それがどんなことに関わっているのか、どんな危険性があるのかなど、何もわかっていない。

ルルは目の前に問題があれば解き明かして答えを得たくてたまらなくなってしまうので、こうして微妙に関わってしまった今、オラントの調査にも協力を惜しまないつもりなのだが、彼がすべての事情を明かしてくれるのはいつになるのかは不明である。

「それで、この娼館で情報は得られたのですか」

「ああ。古株で色々と事情に通じていそうな娼婦の馴染みの客になって、ようやく話してもらったところだ」

馴染みの客——ということは、当然、オラントは娼婦と何度か寝たのだろう。

（いえいえ、そんなことまったく構いません。オラントは情報を得るためにしていたことだし、何より、オラントが誰と男女の仲になろうと私には関係ないのです）

いちいち引っかかってしまい、自分で自分をなだめる作業をしなくてはいけないのが面倒だ。こうしなければ平静を保てない己の脆弱《ぜいじゃく》な精神が恨めしい。

「しかし……これは、あまり君の耳には入れたくない話なのだが……」

「え？　どういうことです」

「この娼館にいた何人かの娼婦が行方不明になっている。全員、銀髪の……あるいは限りなく銀に近いブロンドの髪の女だ」

「それは……偶然では、ないのですか」

「実は、他の場所からの情報でも、貧民街で同じように銀髪の者たちが消えたという話を聞いていた。あまりに特徴的な点が共通している。君も知っての通り、銀髪自体がこの国では珍しい。そればかりが狙われているとなると……」

「それに私も当てはまると？」

オラントは無言だったがその眼差しが肯定していた。

まさか自分自身にオラントの調べていることが関与してくるとは思わず、ルルは内心動揺する。

「そうですか……恐ろしい話ではありますが、髪の色を抜きにしても、近頃貴族や富裕な身分の令嬢が消えてしまったという話は聞きません。この国でももちろん身代金目的の誘拐やその他の犯罪はありますけれど、上流階級でその犠牲となった娘はここ数年では存在しないかと思います。広いようで狭い世界ですから、そんな出来事があれば私も少しは耳にしているはずですので」

「そうか。それならばいいんだが」

上流階級の暗黙の了解的なことはまったくわからないルルだが、事実ならば知っている。諍《いさか》いの末に傷害事件があったとか、駆け落ちをして連れ戻されたとか、そういったものならば耳にしているものの、消えてしまったという話は聞いたことがない。

「この娼館で行方不明になった銀髪の娼婦は、ここよりもっといい働き口ができたと言って出て行ったらしいんだ。だが、その後連絡がとれない。彼女が次に移った場所というのも見つからないようなんだ。俺と馴染みになった娼婦は彼女と友人で、とても心配している」

「女将が知っているのではないですか。その方が他に引き抜かれたというのなら、見当もついているのでは」

「いや、女将は彼女に関してどうやら箝口令《かんこうれい》を敷いているらしい。どういう理由だか知らないが、娼婦たちに彼女だけでなく、行方不明になった娼婦の話はするなと念を押していたようだ」

「それなのに、客であるあなたによく喋りましたね」

「彼女はもうすぐ年季が明けるからこの娼館をやめるらしい。もう義理立てする必要もなくなったということじゃないのか」

しかし女将が箝口令を敷いていたとは意外だった。自らルルに以前同じような娼婦がいたとペラペラ喋っていたではないか。一般の世界で暮らしている金持ちの令嬢は内部の事情など知らないだろうと口が軽くなったのかもしれない。

「なるほど……では、あなたが調べている『白薔薇の園』と繋がっているかもしれないこの娼館で、銀髪の娼婦が行方不明になっている。貧民街からも銀髪の者が消えている。そのことがわかったとして、あなたはこれからどうするのですか、オラント」

「ふふ、詰めてくるなあ。そうだな、これまでの情報から察すると、『白薔薇の園』が消えた銀髪の者たちを拉致《らち》した可能性がある。なぜそういった容姿の者ばかりを選ぶのか。これは魔術に関係がありそうだ」

「ああ……そうですね。特異な容姿の者たちは魔術の道具にされやすいようです。自分たちと違う姿の者はいつでも迫害されます。あるときは特別な力を持っていると決めつけられる……残酷なことです」

「ああ。できればこれ以上の被害者を出したくはない。そして、俺は正体不明の『白薔薇の園』を短い期間で少しでも解き明かしたい。教団の長は誰なのか。どこが本拠地なのか……手探りだったものがようやく取っ掛かりを見つけた感触だ」

　オラントはこの娼館での調査で手応えを感じているようだった。

　それにしても、まさか今日この日にオラントがここにいてくれたことは、ルルにとって奇跡以外の何ものでもない。彼が居合わせてくれなければ、ルルは今まったく違う人生を歩み始めていたことだろう。

「それで……君は俺と別れた後、女将に処女に戻す薬を塗って貰いに行くのか」

「いいえ、まさか」

　ルルは強くかぶりを振る。

「私を騙そうとした場所のお世話になるつもりはありません。悪あがきをするならば、他の方法を探します」

「なるほど。いい判断だ」

オラントは笑顔になる。本当にこの男の笑みは太陽のようだ、とルルは思う。明るくおおらかで力強く、すべてを照らす温かな光。

（オラントが話を聞いたという娼婦も、彼が相手ならばすぐに心を許してしまったでしょう。認めたくはありませんが、オラントには人を魅了する力があります）

酒場でもあっという間に人気者になってしまっていたし、気難しいルルの父アーカスタでさえ、初対面のオラントに好感を持ったようだった。

「そして、あなたはまたここに話を聞きに来るのですか、オラント」

「ああ、そうだな……今日は君のために潰れてしまったから、あと一度は来るだろう」

「そうなのですね。その……気をつけてください」

「何をだ？　娼婦に夢中にならないようにか？」

「ち、違います！　もし、人を拉致するような教団とここが繋がりがあるのなら……」

オラントは目を丸くした。

「俺を心配してくれるのか」

「当たり前です。私を何だと思っているのですか」

「ふふ、いや、すまない。君にはとことん冷たくされていると思っていたからな。少し心配されただけで驚いてしまうんだ」

「私だって、心配くらいします」

むくれたルルを抱き締め、オラントは優しくキスをした。

しかし、オラントが件《くだん》の馴染みの娼婦から話を聞くことはできなかった。

彼女はその翌日、死体となって川に浮いているのが見つかったからだ。

第三章　裏切り

「本当にごめんなさい、ルル！　私、全然知らなかったのよ。まさかあそこが、そんなことをさせるところだったなんて……」

翌日、夜中に屋敷に戻ったルルを昼過ぎにサリアが訪ねてきた。

ルルがサリアが出ていった後に娼館であったことを説明すると、彼女は真っ青になって釈明する。

狼狽《ろうばい》したサリアは相変わらず美しかった。優しい琥珀色の髪、動揺に潤んだ緑玉《エメラルド》の瞳。可憐に咲く花のような姿をしたサリアの謝罪を受け入れない人間など、この世にはいないのではないかと思えるほどだ。

「私、そんなこと何も聞いていなかったの。ただあそこで処女に戻す薬を塗ってもらえるとしか……」

「わかっています、サリア。私もあんなことになるとは思っていませんでした。幸い、オラントがいましたから娼婦のような真似はせずに済んだのですけれど……処女に戻す薬はいただかないまま出てきてしまいました」

「そ、そうよね。そんなひどいところで、無防備にまた薬を塗ってもらうなんて、できないわよね……」

サリアは複雑そうな顔で俯いた。

サリアには自分の事情を余すことなく打ち明けたルルである。その流れで処女に戻す薬の紹介をしてもらったので、ルルがなぜ純潔でなければいけないのかも知っている。

「きっと別の方法もあるわ。初夜の日、中に自分の経血を仕込んでおくの。そして破瓜の血のように見せかけるのよ。実行した方がいるという話も聞いたわ」

「なるほど……。うまくいけばそれは誤魔化せるかもしれませんね」

「ただ、潔癖で神経質なデンペルス公爵のことだから、事前に純潔かどうかを調べる手段を取られてしまうかもしれない。そうなったら困るわね……」

サリアと共に頭を悩ませていたそのとき、ルルの部屋に使用人がやって来て「オラント・デュマン様がいらっしゃいました」と告げる。

夜中に別れてまだ一日も経っていないというのにどうしたのかと怪訝に思う。どうしようか逡巡《しゅんじゅん》しているルルに、サリアは気まずそうな顔をする。

「あ……件の方がいらしたみたいね。私、失礼するわ」

「いいのです、サリア。オラントには帰ってもらいますから」

「でも、きっとあなたはお父様に彼を優先するように言われているんでしょう。それなら仕方ないわ」

父は仕事で留守にしているが、彼の命令をそのままルルに伝える役割の執事はいる。確かにサリアの言う通り、オラントが来ればルルはその要望に応じなければいけなかったので、渋々サリアを見送ることにした。

玄関でサリアとオラントはすれ違い、互いに軽く挨拶をして別れた。

オラントは無感情な目で去って行くサリアの後ろ姿を眺めている。妙に物々しい空気を纏っているオラントに、ルルは近寄りがたさを感じた。

「彼女が君をあそこへ連れて行った友人か」

「ええ、そうです。サリアもとても驚いていました。まさか客に……そんなことをさせるなんて、と」

「ふうん……。本当に驚いたのかな、彼女は」

「どういう意味ですか、オラント」

　思いも寄らないオラントの反応にルルは目を丸くした。

　オラントを自室に連れて行き、侍女に紅茶と焼き菓子を持って来る。部屋に二人きりになったのを見計らって、ルルは口を開いた。

「まさか、サリアは知っていて私をあの娼館へ連れて行ったのだと?」

「ああ、そう思う。そもそも、なぜ彼女はあそこで処女に戻す薬をくれると知っていたんだ」

「サリアの知り合いの知り合い……つまり又聞きということになりますが、その令嬢が実際に処女に戻してもらい、無事結婚したという話を聞いたからです。ですから、その共通の知り合いに教えてもらったのだと」

「その薬と引き換えに一晩娼婦にならなければならないという話は? 聞いていなかったというのか。あまりにも重要な情報を?」

確かにその条件はあまりにも深刻である。事前に知っていればルルは決してあの娼館には行かなかっただろうし、その選択をする者がほとんどだろう。

けれどルルはサリアが自分を騙したなどとは絶対に思いたくなかった。サリアがそのことを知らなかった事情を必死で考える。

「そ、それは……やはり令嬢の体面を慮る面があったのでしょう。見知らぬ男に身を任せたなどと、上流階級の令嬢が自ら言うはずはありませんし、ただ『あの娼館で処女に戻してもらった』としか知人に言わなかったのでは」

「どうだかな。それなら処女に戻してもらう薬をもらったなんていうことも口にはできないはずだろう。結婚前に遊んでいて、しかも処女に戻す薬などを使ったことを口にできる令嬢が、薬と引き換えに一晩娼婦の真似事をしたと言えないなんて、妙だと思わないか」

「……そ、それは……」

「それに、よしんばそのことを口にできずとも、危険な情報なら含みを持たせて教えるものだろう。その令嬢の体裁を考えて具体的には言わずとも、取り返しのつかない交換条件がある、それでも行くか、などと相手の覚悟を確かめるべきだ。その後の人間関係に関わる話だからな」

　オラントの言うことはいちいち的を射ている。よくよく考えてみれば、話の噛み合わないところが多い。

　けれど、ルルにとってサリアはこの世で最も優しい友人なのだ。彼女が自分を陥《おとし》れたとはどうしても考えられなかった。

「あなたの言うことはもっともかもしれませんが……とにかく、サリアが知っていたはずはないんです。彼女が私に嘘をついてひどい目にあわせようとするなんて、あり得ないことです」

「君にしては理性的でない台詞だな。どうしてそう思うんだ」

オラントは真剣な目でルルを見つめる。

「ルル、君は彼女の何を知っている。すべてを知っていてそう思うのか。自分を裏切るはずがないと?」

「すべては……知りません。ただ、私の唯一の友人で……」

「君にとってはそうでも、あちらにとってはそうではない。君は数多くいる友人知人の中の一人だ」

事実を突きつけてくるオラントに、ルルは黙り込む。

オラントはまるでルルを責めているようだ。サリアを信じたいと思うことが、そんなにも悪いことなのだろうか。

最初にも感じたが、今日のオラントはやけにピリピリしている。いつもの鷹揚《おうよう》で穏やかな雰囲気がなく、警戒感を高め緊張した空気がずっと彼の周りに漂っている。

「オラント……。そういえば、今日はどうしてここに来たのですか。……昨夜会ったばかりですのに」

「君が心配だったからだ。何も変わったことはないか」

「いいえ、何も。家族は相変わらず私に無関心ですし、昨夜はサリアの家で遅くまでいたということになっていますから」

「そうか……。それならばよかった」

「何かあったのですか」

嫌な予感に声が震えた。

常にないオラントの雰囲気に何かいつもと違うことが起きていると感じる。

「君をこの屋敷に送った後、帰宅する道で俺の馬車が襲われた」

あっ、と声を出しそうになるのを、怯える指で押さえつける。

「そ、そんな……、け、怪我は……」

「俺は無傷だ。御者も軽傷だったが、襲ってきたのは三人組の覆面の男たちで、一人捕まえて話を聞こうとしたら自害された。奥歯に毒が仕込んであったらしい」

「そこまでして……」

ルルは愕然とした。

ただ異国の貴族が何かを調べている、という状況から、人の死が関わる重大な事態に変わってしまったのだ。

一体オラントが追いかけている件は何なのか。ルルが思っていたよりもずっと深刻なことなのではないか。

「あ、あ、あなたは一体何を調べているんですか」

「極秘だから言えないと言っただろう」

「いえ、死人が出てしまっているじゃないですか。私もすでに関わっていますよね？『白薔薇の園』という言葉ももう聞いてしまいましたし。その他の詳細も十分知る権利があると思うのですが」

オラントは考え込む。事態が変わってきたことで彼自身も悩むところがあるようだ。

「確かに君は知る権利があると思う。だが、知れば知るほど危険に近づくのも事実だ。今はまだこれ以上のことを知らない方がいい」

「そんな……ではあなたが教えてもよいという判断をするのを待つしかないということですか」

「ああ、そうなるな」

ルルはがっくりと項垂《うなだ》れる。秘密の箱が目の前にある。その中身を知っている男もいる。しかし、自分には教えてくれない。こんなにももどかしいことがあるだろうか。

（そもそも関わらせたくないのなら、最初から私と関係を持たなければよかったではないですか。あの夜会の日、私を屋敷まで連れて行って、半ば無理やりそういうことをしなければ、私はまったくオラントとも彼の追っている件とも関わらずにいられたのです。それなのに、強引に引き込んでおいて、その上巻き込まれかけている件の情報を与えてもらえないとは……生殺しにも程があります）

実際言葉にしてそう詰《なじ》ってしまいたいが、昨夜オラントに助けられたことは大きく、もちろんあんな目にあうきっかけを作ったのも彼自身なのだが、ルルには何となくオラントを面罵《めんば》できないような気持ちがあった。

「警察によれば、自害したのは孤児院で育った身寄りのない青年だった。町工場で働くごく普通の人間だったらしい。それ以上何の情報も得られなかったが、十中八九『白薔薇の園』の信徒だ。俺が嗅ぎ回っているのをうるさく思った幹部にでも指示されたんだろう」

「それにしても、自害までするのですね……。相手方に捕らわれたら毒を飲めと言われて実行したのですよね。そこまでして教団のことを漏らしたくないなんて……自分の命を犠牲にしてまで……」

「だから言っただろう。まともな連中じゃないんだ。奴らにマークされているとわかった以上、これまでより一層警戒しなければいけない。こうなることは想定内だったが、俺ももっと考えるべきだった」

オラントは己の行動を悔いているようだ。深くため息をつき、肩を落とす。

「ここへ来る前、気になって娼館の様子を見に行ったんだ。そうしたら何やら周囲が騒がしい。その辺の一人に声をかけて聞いてみれば、今朝娼婦が一人川に浮いていたそうだ。特徴を聞けば、明らかに俺が話を聞いた女だった」

「あ……、そんな……」

「娼婦の自殺は多いからそう扱われているらしいが、そんなはずはない。彼女はもうすぐ年季が明けて自由の身になれるはずだったんだ」

オラントに情報を漏らしたからだろうか。

襲われたオラント。死んだ娼婦。タイミングが合い過ぎているし、ほぼ疑いなく、『白薔薇の園』を調べているオラントと、その情報を話した娼婦をこの世から消そうとしたのだ。

「ということは、あの女将でしょうか……」

「彼女が行方不明の娼婦の話をしたことに気づいてやったんだろうから、女将ももちろん無関係じゃない。思えば直接潜入して話を聞くなんて、危ないことをしたものだ」

「でも、どこの誰がその『白薔薇の園』の信徒かわからないのでしょう。それならば、どこで何をしようと危険度は同じだと思います。その名前を出すだけで危ない目にあうかもしれません」

「そうだな……。君の言う通りだ。畏縮して何も調べられず終わるのも本末転倒だしな」

オラントは少し思案する様子を見せた後、思いついたように顔を上げた。

「そうだ。二日後にとある仮面舞踏会に招待されている。君も行ってみないか」

「え……仮面舞踏会、ですか」

二日後ならルルは何も招待されていないし、どこにも行く予定はない。父に参加しろと命じられているのは表立った夜会で、エルシも参加するもののみだ。

仮面舞踏会となると、基本的に参加者の素性は伏せられているので、そういったところにルルが足を踏み入れたことはなかった。

何より、仮面をつけようがつけまいがルルのすることは一緒。人目を避けて一人で読書する他にないのだから、父の命令でなければ行く価値はない。

けれど、何やらきな臭くなってきたオラントの事情が気になった。人の多い場所は嫌いだが、ついて行けば『白薔薇の園』の件について何かわかるかもしれないと思うと、誘いに乗ってみたくもなる。

「それは、行ってみてもいいのですが……やはり調査なのですか」

「ああ、その一環だ。好き者で有名な公爵夫人の開くパーティーだからな。身分関係なく非公式に楽しむ場所だ。普段得られない情報が聞けるかもしれない」

「何やら怪しげですね。安全なのですか」

「そこは十分警戒しておこう。パーティー自体は危ないものではないが、今はどこへ行っても何かしらの危険はついてくるかもしれないからな」

仮面舞踏会などという妙なものに参加することになり、ルルはふしぎな胸騒ぎを感じた。

(今までは夜会に行くだけでも苦痛でした。屋敷の書庫にいる時間がいちばん平和です。けれど、今、オラントと外へ出かけることに少しワクワクしてしまっています。屋敷の外へ誰かと行くことが面白いと思えるだなんて……ふしぎです)

もしかしたら自分も殺されるような目にあうかもしれないというのに、そんな刺激が興奮に繋がっているのだろうか。それとも、謎を解いてみたいという自分の性癖が彼と共にあるようにと己を駆り立てているのか。

ルルはふと、あれほど恐れていた父をあまり思い出さなくなっていることに気がついた。オラントと一緒にいることが多過ぎて怪しまれるのではと心配する気持ちが常にあったのに、今はそれよりも自分たちの行く先に何があるのかということの方が気になっている。

父を恐れなくなったわけではない。今でも父の言いつけを破ってしまったことを思うだけで、体の奥が重くなり不安な感情であふれそうになる。自分の存在意義が父の中で消滅してしまうことを何より恐れている。

ただ、目の前にある刺激的な事柄がルルを捕らえて離さないのだ。最初は珍しい言語に惹かれて関係を結んだ相手だった。それが次第に、言語から離れて彼自身に興味が移っている。正確には、彼と、彼が追っている何ものかに。

＊＊＊

仮面舞踏会は素性を隠して参加するものとはいえ、ただ仮面をかぶるだけでは、ルルの場合あまりに特徴が目立ちすぎた。

「君はこのかつらを被った方がいいだろう。一般的なブルネットだ」

「それを言うならば、あなたの姿もこの国では特徴的なのではありませんか、オラント」

「ところがね、その仮面の宴《うたげ》には俺以外にも様々な国からゲストが来るらしいんだ。だからよほど妙な行動をしなけりゃ、そこまで目立つものでもない」

その主張には半信半疑だったが、実際に件の公爵夫人のパーティーへ足を踏み入れてみると、なるほど様々な肌の色、目の色、髪の色の人々が集っていた。

ただし髪の色は明らかにかつらだろうと思えるような不自然な色も多く、仮装パーティーのような出で立ちをしている者までいる。

「これほどでたらめな様子ならば、なるほど私たちも目立ちませんね」

「でたらめとはよく言ったものだな。確かにそうだ！」

仮面があると眼鏡がかけられないので、ルルの視界はぼんやりとしている。あまりにおぼつかない足取りなので、オラントはずっとその手を握って歩いた。

ルルは人々のお喋りや歌や飲食する音などの騒音を懸命に耐えながら、オラントと共に会場を回った。

そこかしこから聞こえてくる外国人たちの喋る言語は様々な色をしていて、ほとんどルルは理解することができた。

（素晴らしいです。多国籍な宴では数多の言葉を聞く楽しみもありますけれど、同時に私はたくさんの音を聞くのが耐えられません。もっと色んな言語を聞きたいと思うのに、今すぐにでも逃げ出してしまいたい気持ちもあります……混乱して、おかしくなってしまいそうです）

相反する感情に苦しめられながら、ルルは奇妙な邸宅の様子にも狼狽していた。

「ここの公爵夫人は紫夫人とも呼ばれているほど、紫色が大好きなのだそうだ。だからこの彼女の別邸は彼女の好みそのままに紫色のものばかり。ここまでいくとなかなか壮観だな」

オラントの言葉の通り、邸宅の外観から内観、庭園にいたるまですべてが紫色に塗り潰されている。

紫色の壁に紫色の絨毯、紫色の柱に紫色の扉。邸宅の中央にある中庭には紫色の樹木と紫色の花が植わり、紫色の噴水の中には紫色の魚が泳いでいる。よくよく見ると木や草はほとんどが造り物で、魚も動く玩具のようだ。どれも夫人が職人に特別に造らせたものである。

そこまでしてすべてを紫色に揃えたい公爵夫人はもちろん豪奢な紫色の美しい絹と、大きな紫水晶《アメシスト》のネックレスや指輪で着飾っている。紫色の仮面をつけた公爵夫人は軽やかに広間を練り歩き、客人たちに挨拶をして回るのだった。

なるべく人に触れないよう身を縮こませ、必死でオラントの大きな背中に隠れながら歩くルルル。その特徴的な姿を知る人が見れば、すぐにルルルとわかってしまいそうなものだが、ブルネットのかつらと仮面のせいか、こちらを注視してくる者はいなかった。

「一体どこで情報を得るのですか、オラント」

近づいて小さな声で訊ねると、オラントは広間の奥の、半円状になったソファが連なっている場所に顎をしゃくった。

「立ち話をしている側でこちらも談笑する振りをしながら聞き耳を立ててもいいが、やはり椅子に座ってリラックスすると、内々の話や愚痴をこぼしたくなるものだ。丁度後ろの席とは背中合わせになっているしな。さり気なく話を盗み聞きするのには丁度いい」

「座れるのは助かります。あまり騒音の中に長くいると、目眩がしてくるので……」

オラントはルルの手を引き、隅の方へ座った。ソファはふっくらとした気持ちのよい座り心地で、一度腰を下ろせば二度と立ちたくなくなってしまうような快適さだ。

丁度ルルたちの背中側に座っている男女は囁き声を交わし合い、秘密の話に夢中になっている様子であった。

聞き耳を立てようとして、ふと、そのときルルは違和感を覚えた。

(あら？　この声は……)

かなり音量を落としているとはいえ、聞き慣れた声はわかってしまう。その人の話す癖、発音の癖、すべてを無意識の内に把握してしまっているルルには、はっきりと自分たちの後ろにいるのが誰だかわかった。

思わずオラントの顔を見る。すると彼は何もかもすでに知っていたような顔で、ルルに話を聞けと目で促した。

「ね、だからもうおやめなさいな、あの子に執着をするのは」

「しかし……本当なのか？　彼女がすでに純潔でないというのは」

「本当よ。ルルはもう処女じゃない。男を知ってしまったの。彼女自身の口から聞いたのだから本当よ。あなたの婚約者には相応しくないわ」

きらびやかな仮面をつけ、恋人同士のように体を密着させ、頬を寄せて囁き合っているのは、ルルの唯一の友人サリアと、ルルの婚約者エルシであった。

仮面の他には何も普段と変わりない宴の格好でいる二人は、その外見を見ただけで華やかなだけに誰であるかすぐにわかってしまう。

けれど、周りの誰もそれを気にしていない。二人がぴたりと体を寄せ合っていても、それは当然の光景なのだというように。

「もしそれが真実ならば……僕は彼女と結婚することはできない。ああ、彼女ならば純白のままでいてくれると信じていたのに」

「お生憎様《あいにくさま》。今どきそんな清廉潔白な令嬢なんてどこを探したっていやしないわ。エルシ、そんなに落ち込まないで。ルルも普通の女だったというだけのことよ。あなたが信じていた真っ白なルルなんてどこにもいないの。婚約破棄すれば済む話じゃない」

ルルとの婚約破棄を勧めるサリアの声は、どこまでも優しく、ルルを慰めてくれていたときと変わりない。

エルシはいかにも希望を失ったかのように苦しみに満ちた声で喘いだ。

「ああ……、絶望してしまう。彼女に最も近い君の言うことなのだから間違ってはいないのだろう。おお、サリア、気が遠くなりそうだよ。また一から他の白い乙女を探さなくてはいけないいなんて」

「……大変なことね、エルシ。あなたのお家の事情はわからないけれど、あなたが悲嘆に暮れていることはわかるわ。悲しいお知らせをしてしまってごめんなさいね。さ、行きましょう。今夜はずっと私が抱きしめていてあげるから……」

その会話の様子は友人の域をとうに超えて、男女の仲のものであるとはっきり窺い知れる。しかも初々しい恋人同士のものではなく、熟年夫婦のように長い関係を感じさせるものである。

二人は寄り添ってどこかへ消えて行った。

後に残されたルルは仮面の下の目を見開いたまま、何とか自分を落ち着かせようと、胸の前で激しく指を踊らせている。

その指をやにわに力強くオラントが握り締めたので、ルルはビクリと飛び上がった。

「すまない。少々刺激が強過ぎる会話を聞いてしまったな」

「オ、オ、オラント……あ、あなたは知っていたのでしょう？」

ことか？」

「何をだ？　彼らが君の婚約者と友人だったことか？　それとも、二人が恋人同士だった

「何もかも……何もかもです」

オラントはそれには答えず、素知らぬ顔で周りを見回した。

「ここはな、実は不倫の宴でもあるらしい。道ならぬ仲の二人が誰の目も気にせずに会える場所ということだ。好き者の紫夫人はわざわざそういう人々を招待し、そして事情に疎い異国の客人たちも招待して、それを隠れ蓑に、表向きは許されざる者たちの恋愛を応援しているそうだ」

「それじゃ……サリアとエルシも……」

「しかし、彼らはここでこっそりと会うまでもなく、いわば公認の関係のようだぞ。君が夜会でバルコニーで読書している間、二人はほとんどの時間を一緒に過ごしている。周りもとっくに知っていることだそうだ」

ルルはオラントの言葉に、深い衝撃を受けた。

（それでは、知らなかったのは私だけ……ということなのでしょうか。異国から来たオラントさえも知っているというのに、どれだけ無知なのでしょう。もちろん、サリアがエルシを好いていることは知っていました。子どもの頃から憧れていたのは、そういうことに

疎い私でも見ていればわかります。けれど、本当に恋人だったなんて。一体いつからのことなんでしょう）

ルルがショックを受けたのは、二人の関係ではなく、それを二人に近い自分がまったく気づいていなかったことだった。

そして何より、決死の思いで告白し相談をした内容を、サリアがいとも簡単にエルシに告げていたことである。

誰よりも知られたくなかった、知られてはいけなかったエルシ本人に、それをよく理解していたはずのサリアが当然のように囁いていたことが、あまりにも衝撃的だったのだ。

激しい動揺が過ぎ去り、今度は重々しい倦怠感が訪れ呆然としているルルの肩を、オラントは優しく抱いた。

「悲しいか、ルル」

「……悲しくはありません。私には恋愛感情がありませんし、エルシとのことは家同士が決めたことなのです。ですから、エルシとサリアが恋人同士であろうと、その事実は私を傷つけはしません」

「もしも君が何も知らずに彼と結婚していても、彼らは関係を続けたかもしれないぞ」

「それも一向に構いません。あなたも言っていた通り、結婚後愛人を持つことはよくあることだそうですし、二人が幸せならいいんじゃないでしょうか」

「そうか。しかし、ならばなぜ君はこんなにも動揺している？」

オラントに肩を抱かれ手を握られながらも、指はひっきりなしに蠢いている。状況を把握するために、ルルの指が勝手にダンスを踊ってしまうことはよくあることだ。今も、あまりに多くのショッキングな事実を目の当たりにして、心の整理が追いつかず、指が動くのを止められないのだ。

「ひとつは、私が二人に関して何も知らなかったことです。自分だけが蚊帳の外だったその事実に衝撃を受けているのです」

自分は夢を見ているのではないかと思ったほどだった。

振り返れば気づくべき場面はいくつもあったはずなのに、ルルにはまるでわからなかった。想像をしたこともなかったのだ。

「二つ目は……私のサリアへの信頼が、大きく揺らいでいることです。オラント、あなたの言う通り、処女に戻す薬の件も、サリアはもしかしてすべて知っていて、私をあそこへ連れて行ったのではないかと」

「何だ、未だに『もしかして』などと言っているのか」

オラントは呆れた顔をする。

「今の二人を見ただろう。サリアはエルシの恋人だ。婚約者である君を邪魔に思っている。娼館での件を考えると、憎んでいるとさえ言えるだろう」

「そ、そんなことを、言わないでください……」

「ルル。今回が初めてか？　君は彼女を盲信しているようだから決して認めないだろうが、他にも似たようなことがありそうだ。君は今までサリア嬢に騙されたことが一度もなかったか？」

それは最も聞きたくない問いかけだった。

（蓋をしてきました。疑ってしまう自分の心に。サリアは私を思ってしてくれているのだから、そんなわけがないのだと）

実際、感情を抜きにして思い返してみれば、特にこの一年ほどは、そういうことばかりだったように思う。

サリアに「後で話があるからここで待っていて」と言われ、夜会の最中、広間の真ん中に立たされたことがあった。

約束をそのまま守ろうとしたルルは、慣れない人混みの中素直に必死で待っていたが、サリアは戻って来ずそのまま帰ってしまった。後でうっかり忘れてしまったのだと謝られ、ルルはそれを信じた。

また、彼女の家でのパーティーの際に、「ドレスコードは緑よ」と言われて緑のドレスを着て行ったが、皆赤のドレスを着ていて、緑色のドレスはルル一人きりで、パニックになって逃げ帰った。そんなルルを皆笑ったのだ。赤と伝えたつもりだった、本当にごめんなさいと謝られ、ルルはやはりサリアを信じた。

けれど、そんなことが何度も続いていた。ルルはサリアを信じ続けた。サリアに嫌われているかもしれない、憎まれているかもしれないなどと考えることは、ルルにとってあまりにも過酷だった。

幼い頃から唯一の味方だったサリア。いつでも優しくて、ルルのあまり普通でない言動にも理解を示してくれて、ずっと周りの悪意から庇ってくれたり、さり気なく手助けをしてくれていた。

どうしてそんな優しい幼馴染が自分を騙していると思えるだろうか。誰を疑っても、サリアだけは疑わない。そんなことがルルの中で常識だったというのに。

「サリアが私の友人でなくなってしまったら……どうしたらいいのですか」

「ルル……」

「彼女は私の一人きりの友人です。私の唯一の理解者だと思っていました。それは、エルシも……優しい彼も、私のことを受け止めてくれていると感じていました。そして、お父様は、エルシの婚約者である限り、私を娘として、家族として認めてくれました。これが、私が関わる人達のすべてです。先程見聞きしたものは、それらを全部壊してしまいます。私は……私は、本当に一人ぼっちになってしまいます」

孤独など怖くはなかった。他人と一緒にいる方がずっと煩わしかった。

けれど、他のものをたくさん欲しいと思わなくても、すでにあるものが失われてしまうのは嫌だった。

自分から求めずとも、いつの間にか側にあったもの。それは、消えてしまいそうになったときに初めて、その価値をルルに知らしめる。

「俺がいるだろう」

オラントは噛んで含めるように囁いた。

ルルはハッとして顔を上げた。それは、トスケ古語だったのだ。

「誰からも見向きもされなくなったこの古い言語だって、その存在を、美しさを知っている人間がいるんだ。実用的でなくても、人々から忘れ去られようとしていても、そこに本物の価値があるのならば、必ず見つけ出される。その真価を知る者によって」

「私には……価値なんて」

「俺は君と出会ったとき、素晴らしい手つかずの宝物を見つけたような気持ちだった。こんなに美しいものが誰にも触れられずに眠っていたなんて、と。そして同時に、最初に見つけた自分に誇らしさを感じた。多くの人々に見せつけたいと思う一方で、自分だけの、自分の掌の中だけで光り輝く、稀有《けう》な宝石を手に入れたと思った」

それは、ルルがオラントの口から実際にトスケ古語を聞いたときの感覚に似ていた。

こんなにも美しい言語だったなんて、とひどく感動し、またそれを実際に喋る者が存在していたことに奇跡を感じたのだ。

今ではほとんど使われなくなった美しい言語。それはまるで額縁に飾られた名画だ。実用性はなく、ただその美を愛でられる存在。

しかし、言語は使われなくなった瞬間から消滅の道を辿る。いずれ失われる世にも美しい響き。氷で創られた輝くばかりの芸術品が春になれば溶けてしまうように、その美は消えゆく運命だ。

ルルがトスケ古語を知ったとき、その儚い美を、多くの人々は知らぬであろう宝物を、密かに手に入れたような恍惚感があった。そしてオラントの中で息づいている生きたその言葉を聞いたとき、あまりの興奮に我を忘れてしまったほどだった。

「俺は決して君を手放さないぞ」

「オラント……」

「君が自分の唯一の価値だと思い込んでいる、君の父が命じた婚約など、俺にとってはまるで意味をなさない。俺が君を必要としているんだ。それ以上に大切なことなどあるか？」

自信に満ちた様子でそう言い切るオラントに、束の間呆気にとられる。そしてすぐに、こみ上げるおかしさに小さな笑みが漏れた。

「あなたは本当に傲慢な人ですね」

「そう言われることもあるが、俺は自分の意志を貫いているだけだ」

「それを傲慢というのです。貫かれた意志の下で潰《つい》えたものがあることを気にしないのですから」

「最終的には、俺に道を譲ってよかったと思うようになるさ。そこまで貫いて実現してこその傲慢だ」

ルルの言葉を物ともせず、オラントは何か思いついたように立ち上がる。

「さあ、せっかくこういう場所に来たんだ。踊ろう、ルル。何もかもを忘れて」

「え……、で、でも」

夜会に何度出ても、踊ったことは一度もなかった。もちろんレッスンは受けたが、ルルがあまりにいつまでも上達しないので、講師が匙《さじ》を投げてしまったほどだ。

「私、全然上手く踊れないのです。恥ずかしいので、踊りたいならあなた一人で……」

「大丈夫だ。そんなことは気にしなくていい」

「ですが……」

「皆仮面を被っている。君も、俺も。誰も俺たちを見ていない。誰も俺たちを知らない。ただの男と女だ。そして、ここは男と女が仮面をつけて踊る場所なんだ。それがこの場での『正しい』行いなんだ」

オラントの言葉に操られるように、ルルはその手に導かれ、広間に立った。

（私は、ここではルリアネール・ギューゼントではない……変わり者の一人ぼっちのルルではなくて、ただの女……ただの男と踊っている、ただ一人の女……）

ふしぎと、いつもならばもたついてしまう脚は軽やかに動いた。眼鏡もかけていないのでぼんやりとした視界なのにもかかわらず、オラントの腕に身を任せ、ルルは頭の中で想像しているような、優雅なダンスを踊った。

自由にステップを踏み、気まぐれに回転し、オラントに引き寄せられれば抵抗せずその胸に抱かれた。

こんなにも緊張することなく踊れている自分に、ルルは密かな驚きを感じた。

きっとそれは仮面をつけているから。いつもの自分ではないから。

「君は美しい」

オラントはルルを抱き寄せ、甘く囁く。

「美しく、賢く、そして誰より魅惑的だ。君より貴重な宝石などない。誰にも見せず俺だけのものにして永遠に愛でていたい……」

「オ、オラント……」

「君の周りに誰一人いなくなっても、俺が常に側にいる。誰かがいなくなったことなど気づかせないくらい、君を常に満たしてやる。君の世界には、俺一人だけでいい」

すべてを失ってしまったと気づいた心の空白に、オラントが流れ込んでくる。傲慢で、そして温かく、何もかもを包み込んでくれるような懐《ふところ》の広さに、傷ついたルルは自ら転げ落ちるようにして身を委ねた。

そのまま馬車でオラントの屋敷に帰る道中も、オラントは我慢できずにルルを愛撫した。

「あ、は、あぁ、オラント、いけません、こんなところで……」

「大丈夫だ。外からは見えないし御者だって気づかない……君が大きな声を出しさえしなければな」

「そ、そんな……、あぅ、ぁ、んうっ……」

オラントはルルの口を吸いながら、ドレスの上からたっぷりとした乳房を大きな掌で揉みしだく。下着からこぼれた乳頭が刺激にしこり、硬く勃起するのを親指と人差し指で摘んで転がしながら、もう片方の手を裾の下に潜り込ませる。

「ああ、もうこんなに……君はここに下着をつけないから、あふれるほどに濡れたら脚を伝ってしまうだろうな……」

「や、やめてくださ……、あなたといなければ、こんなことにはなりません」

「ふうん、そうか。俺だからこんなに濡れてしまうんだな」

オラントは嬉しそうに微笑みながら、くちゅりくちゅりと音を立てて指をぬかるんだ蜜壺に挿し込み、濡れた指先で花芯をゆっくりと擦り上げる。

「あ、あぁ……、そ、そこ……いけません……」

「いけなくはないだろう。君はここが大好きだ。ほら、またあふれてきた……」

膨らんだ花芯を愛液に濡れた指で執拗に擦られ、乳頭をこねられ、ルルは瞼を震わせて甘い甘い快感に酔い痴れた。

(ああ、だめです……胸と、そこは……少しでもいじられると、すぐに硬くなってしまって……自分でも濡れてしまうのがわかります……お腹が熱くなって、すぐに達してしまいます……)

甘い喘ぎ声を漏らし、それをオラントの唇に吸い取られながら、ルルは快さに身悶えした。オラントは花芯を親指で擦りながら人差し指と中指をちゅぽちゅぽと音をさせて蜜口に出し入れさせている。そして敏感な内側の膨らみをぐりぐりと捏《こ》ね上げると、ルルはビクリと大きく腰を跳ねさせる。

「ふぁっ……、あ、ひあぁぁ……」

いけない、と思っても、潮を噴くのを止められなかった。細かく震えて達したルルは、息を弾ませながら、馬車を汚してしまったことを恥ずかしく思い、顔を熱くする。

「ご、ごめんなさい、オラント、私、なんてことを」

「謝るなよ。俺がそうさせたんだ。これは俺の馬車だから構わない。もっと汚したっていいくらいだ」

馬車はやがてオラントの屋敷に到着し、腰の立たなくなったルルを抱えてオラントはまっすぐに自室へ向かう。

道中での戯れの熱も冷めやらぬ内に寝台にルルを横たえ、ドレスの裾をからげて、脚を開かせ、濡れそぼつそこへぬたりと舌を這わせた。

「はあっ……！　あ、そ、そんな、オラント……だめです、汚いっ……」

「汚くなどない。極上の甘露だ。もっと味わわせてくれ」

「あ、あぁ、嘘、は、ふあぁ……」

オラントの熱い湿った吐息がひっきりなしに敏感な場所へかかり、ルルは信じられないくらい体が火照ってしまう。オラントの太く逞しい舌は花弁を一枚一枚なぞり、膣の中へぬるりと差し込まれくちゅくちゅと中を舐め回す。高い鼻が花芯を押し上げ、ルルは得も言われぬ快楽に身をくねらせた。

「はぁ、あ、あぁぁ……」

「いいか？　ルル……蜜がまたあふれてきた……」

「あ、い、言わないでくださ……、あ、はあぁ……」

オラントは花芯を唇で包み、舌で扱き上げる。蜜壺に指を入れ、いつも男根でそうしているような抜き差しの動きを繰り返す。恥骨に軽く当たる衝撃の甘美さに、花芯を直接口で吸われる快感に、ルルは我を忘れて仰《あお》のいた。

「は、あはぁ……、あ、だ、だめです、そんな、あぁ」

「ふ……、すごいな……俺の指をこんなに締めつけて……吸いついて……ああ、たまらない……」

「あ、ひぁ、あああぁああ」

オラントが興奮に任せてぐちゃぐちゃと指を前後に細かく揺らし、たちまちルルは高まって、達してしまう。

指が引き抜かれると同時にごぽりと音を立てて愛液がほとばしり、耐えられなくなったオラントはそそり立ったものを露わにして、ずぶ濡れの花弁のあわいにぐぽりと突き立てた。

「あぎ、ァ、あああああ、はあぁあ……」

突然の挿入に電流が脳天から四肢の先まで駆け抜けたように感じ、ルルは目の前が真っ白になって、絶頂に飛んだ。大きく拡張された膣は熟れた粘膜を戦慄かせ、剛直にくるおしく絡みつく。

「はぁ、あぁ、く、すごい、食い千切られそうだ……、ああ、ルル……そんなに俺が欲しかったか……？」

「んぐ、んぅ、う、はぁ、あ、オラント……、え、えぇ……きっと、そうです……私は、あなたが……、はぁ、ひ、ぃあ、あはぁ」

オラントが腰を振り始めると、あふれ出た大量の蜜が掻き混ぜられてぐっちゃぐっちゃとものすごい音を立てる。オラントの逞しい腰の動きは寝台を激しく軋ませ、その音に耳を犯され、ルルはますます体温を上げ汗を噴く。

「はぁっ、あぁ、んぅ、ふ、う、あ、いい、い、ですぅっ」

「いいか……あぁ、俺も、最高だ……はぁ、あぁ、もう、出ているかもしれん……そのくらい、気持ちがいい……ああ、止められない……、ルル、ルル……っ」

オラントはルルの唇を情熱的に吸い、舌で口の中を舐め回しながら、ルルの体を強く抱き込み、より一層深々と極太のものを突き立てる。

「ふうぅっ、ぅ、ふ、はぉ、お、は、ぁ、あおおお」

遠慮なく子宮をどちゅどちゅと殴られて、ルルは目を白くして抱え上げられたつま先を激しく痙攣させる。

（深いッ、あ、深過ぎます、ウゥ、う、長くて、太過ぎます、あ、大きぃ、あ、頭がおかしくなってしまいます、お腹の奥が、熱くて、痺れて、全身がお湯に浸かったみたいに熱くて、浮くようで……、ああ、また、達してしまいます……っ）

何も考えられなくなる。まともな言葉も喋れなくなる。ただオラントでいっぱいになった体が快楽の叫びを上げている。

巨大な亀頭が奥に嵌め込まれ、そのままぐりゅぐりゅと腰を回され、ルルは獣のように吠え、激しいオーガズムに叩きつけられた。

「ほぉっ、お、は、あおぉ、あ、はぁ、あおぉぉ」

「ふっ……すごい、声だ……ああ、中も、ひどく、動いて……あぁ、絞られる……く、は、あぁ……っ」

オラントもルルの最奥で胴震いし、どぷどぷと濃厚な精をあふれさせる。

そのまま一向に萎えない剛直をゆるゆると出し入れし、今度はルルの背中がえび反りになるような体勢で腰を打ちつけ始める。丁度気持ちのいい場所を逞しい笠が捲り上げ、ルルは甘い声で叫ぶ。

「はあぁ……あぁ、い、あ……ふぁ、あ、はおぉ……」

ドレスからあふれたルルの丸い乳房が、細い胴体の上でこぼれ落ちそうにばるんばるんと揺れる。ルルの顔よりも大きなたっぷりとしたみずみずしい質量は、あまりに卑猥な光景となってオラントの男根をますます硬く大きく強張らせた。

「はぁう、あ、ま、また、おっきく、あ、あん、あ、はああ」

「ふぅ……あぁ、君が、あんまりいやらしい体をしているからだ、ルル……まったく……非常識なほど淫らな体だ……」

オラントは荒い息の下、欲情をこらえるように歯を食いしばりながら、ルルの豊満な乳房を両手で荒々しく揉みしだく。乳肉に食い込むほどオラントの熱い指で強く弄《いじ》られて、ルルはますます高ぶり、シーツを摑んで身悶えた。

「はぁ、あぁ、ふぁ、あ、オラント……っ」

「胸を揉まれるのが好きか……？　肌をこんなに熱くして……」

「あ、好き、です……、あぁ、あ、気持ち、いい……あなたに……少し、乱暴にされるのが……、あ、はぁ……」

「ッ……、あぁ、ルル……ッ」

オラントはたまらなくなったように、乳房をこねながら身をかがめ、必死でルルの口を吸う。暴れ出しそうな男根はますます漲《みなぎ》り、ルルの蜜壺を甘く掻き回す。

「あ、また、イ、あ、ひぁ、あ、ふぁ」

「何度も、達しているな……ふふ、いいぞ……さあ、いけ……いき続けろ……」

オラントはぐっと腰を入れ、ルルの達した瞬間から、ゆるく、優しく、子宮口を間断なくノックし続けた。

「ひゃ……は……はあぁ……あ、ふぁ……」

蕩けるような絶頂の波が次々に寄せては返し、ルルは連続してオーガズムの高波に乗り続ける。皮膚がざわりと粟立ち、すべての些細な刺激が天上の快楽のように感じる。

(あ……何ですか、これは……あぁ、戻ってこられません……あ……ずっと、達しています……あぁ、変です……変になってしまう……)

「ふぁあ、あ、ひは、あはぁ」

「あぁ、可愛いな、ルル……そんな顔をして……あぁ……たまらない……本当に君は、最高だよ……」

引きも切らぬ素晴らしい快楽に、よだれを垂らして溺れ続けるルル。トントンと優しく子宮口を叩きながら、オラントは達し続けるルルの表情をたっぷりと楽しむ。

「はぁ……俺もまた、出てしまいそうだ……本当に困ったことだ……君といると、俺も無尽蔵に達してしまう……出しても出しても、収まらない……っ」

「はぁ、は……はぉ、お、おおっ、ほ、んあああ」

再びルルをがっちりと抱き潰し、じゅぼじゅぼぐっちゃぐっちゃと激しく大きく腰を叩きつけ、ルルは乱暴な絶頂感に獣のような声で叫んだ。オラントはブルブルと大きく震えながら再び濃厚な精を放ち、一度引き抜いて、今度はルルを横抱きにして後ろから挿入した。

「んぉ、は、お、おぉ」

オラントの精とルルの愛液でずぶ濡れになった膣肉は、飽きもせずにオラントの血管の浮いた太い幹に嬉しそうに吸いつき絡みつく。

オラントは手を前に回して膨らんだ花芯を転がしながら、絶え間なく腰を揺すった。

「はぁ、ひゃ、それ、らめれ、は、はぉ、は、ふぁあぁ」

ルルはガクガクと痙攣してまた達する。ギュウッと万力のように締めつけられたオラントはさすがに顔を歪め、すぐに出しそうになってしまうのをすんでのところでこらえた。

「く、ぅ……、これが、かなり好きなようだな、ルル……君のここは大きくてプリプリしていて、転がしやすい……さぞかし感じるのだろうな……」

「うぅ、ふ、そ、そんなに、たくさん、いじったらぁ、あ、ひゃ、はふぁぁ」

快楽の神経の詰まった花芯を執拗に転がされて、ぬかるんだ膣肉を巨根でいっぱいに満たされて、強烈なエクスタシーの大波に、ルルは目を白くしてガクガクと震える。

「い、いきまふ、また、いぐ、う、ふぅっ、う、はあぁぁあぁ」

「う、く……、あぁ、あ、ルル……！」

二人は同時に達し、夥《おびただ》しい体液をほとばしらせた。

その後も嬌声とベッドの軋む音は長く鳴り止まず、仮面舞踏会の情熱をそのままに、二人はいつまでも互いの肉体を貪り続けたのだった。


「はぁ……。本当に君といると、時間を忘れて愉しんでしまう……一生寝室にいたいほどだ」

「い、一生はいけません。そんな怠惰な生活は、不健全です……」

そう言いつつも、寝転がりながら戯れ、甘い酒で唇を湿らせていると、ルルも一生ここにいてもいいかもしれない、などと一瞬考えてしまう。

「俺の生活はもはや君一色だ。するべき仕事以外の時間は、君と戯れる他に楽しみなどない」

「何か趣味などはないのですか。ほら、酒場で弾いていた楽器などどうです」

「ああ、トルーか？　まあ、弾くのは好きだが、少々飽きてしまってな。弦楽器は色々弾くが、基本はどれも同じだ。それにああいうものは騒がしい場所で飲んで歌って弾くのがいちばん楽しいんだ。家で一人で弾くものじゃない」

それはオラントが器用だからだろう。ルルはどんな楽器を試してみても軒並み壊滅的であった。

「では、花を育ててはいかがですか。ここには立派な庭園もありますし」

「花、ね。そういえば君の父上は白薔薇を育てているようだな。屋敷へ行ったときに気になった。丁度追いかけているものが同じ名だからな」

「ええ。そうなんです。父の趣味で、屋敷の庭園は白薔薇ばかりです。コサスタの貴族は庭にこだわる人が多いのだそうで、父も高尚な趣味だと思って張り切っているのかもしれません」

「君の父上は、本当にどうにかして貴族の仲間入りをしたいんだな。独自に家の紋章まで造っていたし……」

笑っていたオラントがふと、首を傾げる。

「しかし、そんなに白薔薇が好きなら、なぜ君の父上は家の紋章を白薔薇でなく赤にしたんだ？　あれも君の父上が考案したものだっただろう」

「それは……多分、遠慮したのだと思います。白薔薇は、デンペルス家の……」

デンペルス家の紋章――それは聖杯に白薔薇が載っているものだ。

（あ……、そういえば、そうでした。どうしてそんな明らかなことを忘れていたんでしょう）

白薔薇。デンペルス家の紋章。

デンペルス家は現在の王家であるティンザー家に支配される前は、コサスタの王家だった由緒正しい血筋だ。

デンペルス公爵。トスケ古語で書かれた書物を所有していた。

書物はトスケ王国の歴史を書いたものだった。かつての王家が策を弄して復権を図ろうとする内容も書かれていた。

そしてエルシは、オラントと出会った夜会でルルが読んでいた本を『これは僕には読めないな。随分古い言語だろう』と言ったのだ。

なぜ、それが古い言語だとわかったのか。トスケ古語そのものを知らなければ、ただの異国語だ。エルシはトスケ古語を理解していた。それでいて、読めないふりをしていた。

そしてエルシは『白い乙女』を求めていた。純潔の婚約者を。

街で消えていった銀髪の者たち。その情報をオラントに与えた娼婦は殺された。

かつて魔術が当たり前のように認められていたこの国。それは王家が変わり排斥され、現在表向きは残っていない。

「そんな……そんなことが、あるんでしょうか……」

「ルル、どうした？」

指を盛んにダンスさせながら考え込むルルを、オラントが怪訝な目で見る。

「オラント……聞きたいことがあるのですが」

「うん、何だ」

「あなたがコサスタへやって来たのは、トスケ王国の政治が関わっていますか」

オラントは沈黙した。それは限りなく肯定に近い沈黙に思えた。

ルルは更に問う。

「あるいは、何というか、王家に関わることですか」

「……なぜ、そう思う」

「質問しているのは私なのですが」

はぐらかそうとするのを突っぱねると、オラントはぐっと言葉を呑んだ。

そして一転して真面目な顔になり、覚悟を決めたように口を開く。

「そうだな……。もう話すべきだろう。俺は君を手放さないと決めているし、俺と行動を共にするならば、知っておくべきことだ」

ようやくすべてを話してくれる気になったらしい。ルルは固唾《かたず》を呑んでオラントの次の言葉を待った。

「これは公にはしていない情報だが、現在のトスケ王国の国王は病に臥せっている。恐らく、もう長くはない。そして、国王には何人かの跡継ぎ候補がいる」

「王位争い……ですか」

「ああ、そうだ。順当にいけば、第一王子ドルーゲン。彼が人格者であり王に相応しいということは周囲の誰もが、国民までもが知っている。すでに王の補佐としてよく顔を知られているからな。そして、第二王子ダパス。血の気の多い男だ。奴が王位につけば、戦争の時代が幕を開けるだろう」

「トスケは、長子が次期王位を継ぐという法律だったと思いましたが……」

「原則はそうだ。だが、様々な抜け道がある。たとえば、大臣の八割以上が長子の継承に反対した場合だ。そのケースで長子が相応しくないとされるためには、長子に重大な病や何らかの理由があり、王の責務に耐えられないということが明白でなければならない」

「ダパス王子が、自分が王位に就くために何か企んでいるのですか」

「ダパスには謎の資金源があるんだ。それを使って多くの有力大臣に賄賂を贈り、立場を有利にしようとしている」

そこまで聞けば、ルルにもオラントがなぜここにいるのかがわかった。

「コサスタにその資金源があるのですね。かつての古き王家が隣国に協力を求めたように」

「その可能性が高い。『白薔薇の園』がダパスと繋がっている。それを調べるために俺はここに来た。ダパスの側近が漏らした言葉というだけで、その『白薔薇の園』とやらが何ものなのか、まるでわからなかったんだ」

「オラント、なぜあなたが？　第一王子に依頼でもされたのですか」

オラントはもはや隠すことなく、頷いた。

「第一王子のドルーゲンとは仲がよくてな。俺は彼を尊敬している。何より、ダパスが次期国王になることだけは何としても阻止しなくてはならない」

「そうでしたか……」

ようやくオラントの調査しているものの全容がわかり、ルルはホッとひと息ついた。

謎が謎のままであることがいちばん不快だ。そのひとつが明かされただけで、こんなにも心が軽くなる。

「そして、そのダパス王子に協力している『白薔薇の園』も、彼が王になることで得るものがあるということですね」

「ああ。それが何かはわからないが、もちろん取引はあっただろう。奴が王になれば何だって実現は可能だ」

「そうですか……。実は、思い当たることがあります。想像でしかありませんが」

想像ではあるが、ほぼ間違いないのではないかと確信している。

というよりも、なぜ今まで気づかなかったのだろうとすら思えた。

「ルル。君は何に気づいたんだ」

白薔薇の園。

その名前を聞いた時点で、あの家のことを思い浮かべるべきだったのだ。

「エルシの家が……デンペルス家が、白薔薇の園に深く関わっているかもしれません」

第四章　白き花嫁

聖杯に載った白薔薇。

それは神へ捧げる供物である。

汚れを知らぬ純潔な乙女――それも、身も心も真白き乙女が必要だった。

外観も内観も真っ白な教会は、今日あふれんばかりの白薔薇で飾り立てられている。

赤い敷布を踏み締めて、純白の美しいドレスに身を包んだルルが、父親のアーカスタと腕を組んで歩を進める。今日は眼鏡をかけていないので、足元が少しおぼつかない。

(ああ、ルル……なんて君は美しいんだ)

本当に彼女でよかった。彼女ほど身も心も真っ白な女性は存在しない。

透き通るほどの雪のような肌、水晶《クリスタル》の如き銀色の髪、体温を失ったかのような青みを帯びた灰色の瞳。

他の女たちのように無駄なお喋りを好まず、余計な人間関係を持たず、腹黒い企みもできず、ただ思ったことを口にする無垢なその魂。

「ごめんなさい、エルシ。どうやら私の勘違いだったみたいなの」

そうサリアが謝ってきたのは、ひと月ほど前のことだった。

その一週間ほど前に、ルルがすでに処女ではないという情報を彼女から得たばかりだったエルシは、唐突な謝罪に混乱した。

「それはどういうこと？　君はルルから告白を受けたと言っていたよね」

「そうなのだけれど、彼女、ああいう子でしょう。世間を知らないというか、常識がわからないというか。よくよく話を聞いてみたら、軽く抱き締められてしまったと、その程度のことだったようなの」

「何だって。それだけで、純潔を失ってしまったと君に相談してきたのか」

「そうなのよ。だから、エルシ、安心して。ルルは正真正銘の純潔よ。身も心も真っ白な、まさにあなたの求める花嫁だわ」

その言葉を聞いて、どれだけ安堵したことか。どれだけ歓喜したことか。

サリアはルルから処女でなくなったと聞いて、すぐエルシに嬉々として報告してきたが、それは恐らく嫉妬からのことだろう。後日それが事実でなかったことも伝えてくれたが、きっとルルがあまりに純粋なので後ろめたさを覚えたのに違いない。

ルルは女たちがよく抱くいやらしい感情とも無縁だ。執着、嫉妬、恋情、彼女はすべて持っていない。

エルシがどんなに他の女と仲よくしてみせても、ルルの感情を失ったような灰色の目には何も映らないし、どれだけエルシが彼女に優しくしても、その雪白の肌が薔薇色に染まることはなかった。

(真っ白な心。真っ白な姿。まさしく、彼女は最高の白薔薇だ)

今日は最高の結婚の儀式になる。美しいヴェールをかぶった純白の花嫁を見て、エルシは恍惚とした。

参列者たちも陶然としてルルの光り輝くような姿を見守っている。エルシの父、ダルシオも息子を誇らしげな顔で見つめ、そしてルルを慈愛の籠もった眼差しで見守った。

彼女は我らすべての光。我らを救う守り神となるのだ。

(この日をずっと待っていた。素晴らしい花嫁を手に入れ、最も尊い儀式を成し遂げる日を)

エルシは四歳の頃に天啓を受けた。

『白薔薇を聖杯に供えよ。白き者を神に捧げよ。お前が二十四の歳、最高の白薔薇を花嫁として捧げたとき、お前が王となる命運は定まる』

ダルシオはこの神の啓示を聞き、躍り上がって喜んだ。

「やはり神は我らを見捨ててはいなかった！　我らは真なる王の血筋。それがようやく返り咲くときがやって来たのだ！」

エルシは幼い頃から父に言い聞かされてきた。高貴なる血が最も尊いものであるのだと。現在のコサスタは偽りの王族に支配され、貴き血も持たぬ金の亡者たちが幅を利かせ、醜く腐り落ちているのだと。

「だが、お前が生まれてきてくれた。おお、神の子よ。お前はまさしく真なる王。デンペルス家をこの国の頂きへと呼び戻す神の声を聞いた、奇跡の子だ！」

ダルシオはエルシが天啓を受けたのだと、今を憂える貴族の仲間たちに触れて回った。

それからエルシは人々の前で様々な奇跡を起こした。

萎《しお》れた花を触れただけでみずみずしく蘇らせ、野生の小鳥はエルシが指を差し出すと恭《うやうや》しく止まり、美しい鳴き声で歌い出した。

それらはすべて父ダルシオが予め細工していたものであり、客人らに麻薬を使い幻覚を見せたものだったが、人々はエルシを奇跡の子だと信じた。

その手品めいた奇跡はただの演出に過ぎず、人々が彼に魅了されたのは、彼自身が才気煥発として、その魅力的な表情も、発する言葉も、大衆を捕らえて離さなかったからだ。

子どもの頃から神童と名高く、語学や化学、物理学、歴史、すべての学問に通じ、また天性の演説の才があり、どんなに無理やりな理論も、エルシの手にかかれば人々を納得させてしまうのではないかと思われるほどだった。

「拝金主義により神を忘れ、汚れてしまったこの国を、我々の手で復活させましょう。貴き魂を持つ者たちよ、神は必ず我々を救ってくださいます」

エルシの言葉は神の言葉だった。それらは父ダルシオに教え込まれてきた階級社会を今一度復活させることと、デンペルス家が再び王の位に返り咲くことだったが、エルシはそこに留まらなかった。

デンペルス家に伝わる魔術の古文書を読み解き、原始的な魔術による儀式を復活させ、また隣国トスケ王国の書物まで古語を解して読了し、そこに書かれた歴史の企みを我がものとした。

「かつて王族だった頃、我らはこの紋章に従い、白薔薇を聖杯に載せて神への供物として捧げてきました。白薔薇は白く生まれついた者の首。白き肌と白き髪は神への贈り物として生まれ落ちたという証です。そして我々はその儀式から崇高な魔力を得てきた。これを忘れたために王位を追われたのです」

そして古文書には儀式には性交による絶頂が必要であると記されていた。オーガズムとは生と死の間に一瞬の間落ちることで、この世の真理に近づくことができる瞬間である。

初めは娼館と繋がりを持ち、娼婦を呼んで儀式に参加させた。やがてその手管を学び、また薬を使って、信徒たちは輪になって交わるようになった。

貴族でない者たちも、教団の利益のために引き入れることがあった。それには『魂の貴い者たち』という言葉を使い、彼らに教団に加わる資格があるのだと思わせた。豊富な資産を持つ平民にその文句は使われ、貴族に憧れる庶民らは簡単に教団に加わった。

その言葉は、教団の意に沿わぬ者たちを葬り去るための手駒として教徒になった者たちにも使われた。

または、孤児院にいる親の不明な子どもたちを「あなたはとある貴族の血を受け継いでいる」と嘯《うそぶ》いて引き取った。そして、人を殺す訓練を受けさせ、教団の武器としたのである。

いずれ地表に出るための手回しも怠らなかった。最も大きな仕掛けは、エルシがトスケの古文書から学んだ作戦である。

隣国トスケ王国の第二王子ダパスと手を組み、彼が王位についた暁にはコサスタに侵攻させ、その混乱に乗じて王位を奪い、取って代わろうという計画だった。資金を欲しがっていたダパスはすぐに誘いに乗った。こちらがかつての王族であったことも信用されたひとつの理由だった。

(すべての計画はこの儀式にかかっている。最も荘厳であり、最も貴きこの儀式……真の白薔薇との婚姻。僕の花嫁を神に捧げることによって、我々の計画は必ず成就する)

長い間地下に潜み、教団を拡大させてきた。儀式も一定の間隔で絶えず行った。

白き者は珍しい。手に入らないときは白に近い者を用いることもあった。

けれど最も重要な儀式のために、貧民街や娼館からではない、身も心も真白き存在が必要だった。その者は恵まれて育ち、清潔な環境で育まれ、泥に塗れることを知らず、宝石のように清く美しくあることが求められた。

そんなときに、ぜひ娘をと申し出てきたのが、宝石商アーカスタ・ギューゼントだった。

「この娘は私が愛妾に生ませた子で、母親が死んだのでまだ幼い頃に引き取ったのです。普通の子どもとは違う性質があり、社会には馴染みませんが、姿は大層白く美しく、またその心も外の世界を知らぬために汚れておりません」

ルリアネールはまさしくエルシが思い描いていた真の白薔薇そのものの娘であった。

初めて会ったときに、彼女だと感じた。他の女たちとはまるで違う。目も合わせず、口もろくにきけず、赤子のように人見知りをするのだ。

かと思えば恐ろしいほど語学に通じ、書物を好み、その清らかな頭脳には人間の煩わしい感情の代わりに冷徹な知識が入っていた。

何より、目を細めたほどの眩《まばゆ》き白さ。その姿はまさしく地上の月であった。

「ルル……。綺麗だよ」

そしてその真の白薔薇であるルルは、花嫁の清らかなドレスを着てエルシの前に立っている。

「ありがとうございます、エルシ」

汚れなきルルは抑揚のない声で、ヴェールの下からエルシを少しだけ見上げた。緊張して、怖がっているように見えた。

ようやく、儀式が成るのだ。そう思うと胸の高まりが抑えきれない。

ルルの顔にかかっているヴェールを上げる。そして、仄かな紅の塗られた唇に、そっと口づけた。

ルルは目をぎゅっと瞑り、必死に苦手な接触に耐えているようだった。

そう、この反応こそ純潔。他人の接触を拒むのは自らが神への供物だと知っているからだ。

エルシは感動に胸を震わせ、そっとルルの小さな肩に手を置いた。

「ルル。これから大事な儀式を始めるからね。ここに跪《ひざまず》いて、この台の聖杯に向かって頭《こうべ》を垂れてくれないか」

「ここに……ですか?」

「ああ。神様への誓いを立てるんだ」

言われるままに赤い敷布の上に膝をつくルル。床には広大な魔法陣が詳細に描かれている。一見、ふしぎな文様としか見えないが、それは儀式を意味する大事な魔法陣である。

そしてルルの頭上には銀の聖杯がある。デンペルス家に受け継がれてきた、長い間『白薔薇』をいただいてきた聖杯だ。

そこに、数分後にはルルの頭が載る。そして儀式は完成するのだ。

教会の入り口はすでに封鎖されている。外部の者は誰一人入ることができない。外には手練の見張りが、曲者がいないかと目を光らせている。

さあ、儀式の始まりだ。静寂の中に、皆の心臓の音が聞こえてくるようだった。最前列に座るデンペルス公爵は、息子と目を合わせ、頷いた。

エルシは頭を垂れたルルのヴェールを捲る。アップに纏められた麗しいルルの銀髪。そして、青白い首筋。

歓喜に打たれ、エルシは体が燃えるように熱くなるのがわかった。来客たちも固唾を呑んで見守っている。

無論、彼らは皆信徒である。ルルの父親、アーカスタも今か今かとそのときを待つ期待の眼差しでルルとエルシを見つめている。

(ああ、ルル。君はここにいるすべての人々の希望の光なのだ。君でなくては、この儀式は完成しない。君は、僕たちに再び最高の栄華をもたらしてくれる幸運の女神なのだ)

エルシは青い瞳を輝かせながら、ルルを情熱的に見つめた。数多の女性と契ってきた青年が、最も愛情を込めて見つめたのがルルであった。

司祭に銀の剣を渡され、エルシが興奮に震えながら上段に振り上げようとした、そのとき。

「突入――ッ!」

荒々しい一声と共に、扉が打ち壊され、津波のように兵隊たちが押し寄せてきた。

その先頭から一陣の黒い風が、動揺する信徒たちの間を猛然と駆け抜け、エルシの前で躍り上がった。

剣を構える間もなく腹を蹴り飛ばされ、背後にある台もろとも、どうと激しく倒れたエルシの手から銀の剣が落ちた。銀の聖杯も甲高い悲鳴のような音を立てて床に転がった。

慌ててそれらを拾い集めようとする司祭を殴り飛ばし、剣を手にしたのは、漆黒に金で描かれた獅子の紋章が入った甲冑《かっちゅう》を着た、オラントであった。

「ルル、無事か！」

「オ、オラント……！」

よろよろと立ち上がった白薔薇の花嫁を、オラントが強く抱き締める。

「私は大丈夫です……あなたが、来てくれましたから」

「怖い思いをさせてすまなかった……もう、おしまいだ。こんな茶番は」

教会になだれ込んだ兵たちは次々に信徒たちを捕らえる。

エルシはオラントのひと蹴りで気絶していたので、意識のないまま縄を打たれた。二階のバルコニーからルルを抱えて飛び降りても平気な鉄の脚で蹴られたのだ。仕方がない。

そして血の滲むような呪いの声を上げて兵たちを罵るのはデンペルス公爵だ。

「貴様ら、よくも！　神聖な儀式をぶち壊して、このままで済むと思うな！」

「儀式の心配よりもご自分の今後のことを心配した方がいい、ダルシオ・サリ・デンペルス。息子と共にこれまでどれほどの人間を殺してきたのか、数えるのが恐ろしいな」

「何を馬鹿な……！　どこにそんな証拠が」

「遺体を埋めた場所を白状した者がいる。このひと月ほどでお前たちのことはほぼすべて把握した。最も大きな罪は、国家転覆を企んだものだろう。トスケ王家の一部の協力も、もはやないものと思え。彼にも近々処罰が下るはずだ」

公爵はオラントを鬼のような形相で睨みつけ何かを叫ぼうとしたが、その甲冑の紋章を見て凍りついた。金獅子は、トスケ王家の紋章である。

「貴様……ただの金持ち貴族では……」

「俺の言葉はトスケ王の言葉だ。全権を託されてここに来ている」

これ以上話すことはないと、オラントは腰が萎えているルルを横抱きにし、足早にその場を去った。

背後からルルの名を叫ぶアーカスタの声が聞こえたが、立ち止まる価値はなかった。

『白薔薇の園』の終焉《しゅうえん》だった。

＊＊＊

ひと月ほど前、ルルが『白薔薇の園』はデンペルス家が主体であると見当をつけてから、オラントは素早く動いた。

部下たちにデンペルス家の動きを逐一見張らせていると、自ずと証拠は揃い始めた。末端の構成員から崩していき、ある程度証言を得て足場を固めたところで、コサスタ王家に報告をし、協力を要請した。

「俺がコサスタに入国し、『白薔薇の園』という団体を調べている、ということは、最初からコサスタの王家には通知済みだった。だから、ある程度調査が進めば当然それも報告する流れになっていたんだ。当初はまさか旧王家が現王家に取って代わろうとしていたとは知らなかったが、俺は図らずもコサスタ王に恩を売ったことになったな」

「あなたが入国した時点で報告済みというのは、あなた自身がトスケ王の身内だからなのですか」

屋敷に戻り、部屋で重々しい甲冑を脱いでいるオラントの姿を眺めながら、その金獅子の紋章をルルは見つめる。儀式の最中はエルシの美意識から眼鏡を外されていたので、あのときにには見えなかった。

オラントはもはや隠すこともなく頷いた。

「ああ、そうだ」

「隣国で王族に何かあればそれこそ大問題になりますからね。あなたは……第三王子あたりでしょうか」

「すごいな。その通りだ」

数字は当てずっぽうだったが当たってしまった。王子が何人いるのか知らないけれど、第一王子、第二王子と歳が近いように思えたので、そのあたりかと思ったのだ。

「でも、サリアも薄々気づいていましたよ。あなたがただの貴族ではないということに」

「何、サリア嬢がか。それは驚いたな」

「トスケの貴族に親戚がいる関係で、知り合いが多いのだそうです。けれど、デュマンという姓の貴族にあなたのような男はいないとふしぎに思っていたようです」

サリアには、エルシが『白薔薇の園』の長《おさ》なのではないかと半ば確信したその後すぐに、ルルが直接話をしに行った。

サリアとエルシは恋人関係のようだったので、もしもサリアがそれを知らずにエルシと関わっているのならばとても危険だと思ったからだ。仮面舞踏会で盗み聞きしたあの話の内容では、サリア自身は教団のことを知らないように思えた。

そしてそのとき、ルルはサリアの本当の思惑を知ったのである。

甲冑を脱いだオラントはゆったりとした服装に着替え、ルルの隣の長椅子に腰を下ろして深く息をついた。

「彼女は本当に賢い人だな。早々にエルシが何をしているのか悟りながら、その行動を監視するために関係を持っていたとは」

「ええ……。嫉妬を装ってエルシに私のことを告げ口したのも、私を儀式の犠牲にしないためでした。彼女は私がエルシの婚約者となった意味を知ったその日から、何とかして婚約破棄させようと躍起になっていたようです」

屋敷を訪れたルルを出迎えたサリアは、ルルがデンペルス家のことに気づいたと知るや、少しずつこれまでのことを語り始めた。

『エルシがどこかおかしいと思い始めたのは、彼とそういう関係になってからよ。まず、高潔だと思っていた彼があなたという婚約者がありながら、私にやすやすと手を出したのにも驚いたし、つき合っていく内に、ひどく冷酷で自分本位な面があるとわかったの』

『あなたがずっとエルシに憧れを抱いていたのは知っていました。でも、私は恋人関係になったことにまったく気づいていませんでした』

『当然よ。というか、恋人じゃないわ。私は数多いる女の内の一人。だから恋人らしい振る舞いなんかしなかった。ある意味冷静になってしまって、恋心も吹っ飛んじゃった。それで彼をよく観察できるようになったのよ』

サリアは薔薇を浮かべた紅茶を飲みながら、淡々と打ち明ける。

『妙だと思ったのは、やたら私に今のこの国をどう思うかと訊ねてきた点よ。男女の色っぽい時間の中で政治の話なんて随分無粋ねと思ったけれど、次第に彼が私に何か確かめようとしていることに気づいたの』

『……自分と同じ思想であるかどうか、ですね』

『ええ、そう。エルシは階級社会にこだわっていた。今の世の中は大きく間違っているといつも主張していたわ。私は……賛同しなかった。元々身分にあまり重きを置いていなかったこともあるけれど、彼に賛同すれば、自分の人生が変わってしまう気がしたの。彼が私をどこかへ誘おうとしているのがわかった。それが何かわからないはずなのに、とても恐ろしい予感がしたのよ』

サリアの本能は正しかった。もしそこでエルシと同じ考えを持っているとみなされていたら、確実に『白薔薇の園』の信徒とされていただろう。

『だから、調べたの。自分の感覚だったけれど、エルシは何か捨て置けないことをしていると感じた。そして……エルシの手下が、銀髪の者を探していることを知ったわ。そして見つけ出された彼らは、その後行方不明になっている。何かおぞましいことが起きているかもしれない……そう思ったのは、時折エルシ自身の体から生臭い血の臭いを嗅いでいたからよ』

『それで、私のことに思い至ったと？』

『ええ。あなたは誰よりも白い。姿も何もかも。エルシはもちろん私には自分が何をやっているかなんて明かさなかった。でも、常にあなたを白い乙女として、真っ白であることを称賛していたの。普通の女性を恋する様子とはまた違った、取り憑かれたような目をしてあなたのことを語るのよ。この人と結婚すれば、ルルは確実に殺される。私はそう確信したわ』

そして、サリアはルルが結婚せずに済むよう、色々と試してきた。

まずは自分に夢中にさせてみようかと思ったが、エルシが求めるのは飽くまで白い乙女。琥珀色の髪と緑の目と健康的な肌色の自分では当てはまらないし、何よりすでに処女ではないとエルシ本人が知っている。

他の銀髪の女性を探してみても、ルルほどに白い存在は見つからない。

ルルの悪い噂を流して、エルシの気持ちを変えさせようとしたこともあった。ルルの中身は真っ白などではないと思わせようとしたのだ。

ここまでくると、サリアは自分がルルに嫌われなければいけないと思うようになる。すべてルルのためにしていることだったが、本当の思惑を明かせない以上、サリアのしていることは完全にルルへの裏切り行為だった。

「サリアは、自分の行為で私がショックを受けないように、自然と自分を憎むよう、様々な手段を試みていたのです。けれど、私は何をされても、サリアがそんなことをするはずはない、と見ないふりをしてきてしまいました。サリアの本当の優しい心を何も知らずに、私は……とても恥ずかしいことです」

「俺だって気づかなかった。てっきりサリア嬢は君を憎んでいると思い込んでいたからな。君自身はあえて気づかないようにしていたが……それも無理からぬことだ」

娼館でのことも、オラントがすでにその場にいるという情報を掴んだ上でのことだったらしい。

必ずルルを助けるだろうと見込んで置き去りにしたが、見張りを残し、万が一オラントがルルに気づかなければ、それとなく知らせる手はずを整えてあったという。

隠されていたサリアの思惑を知ったルルとオラントは、教団をまとめて捕らえるための計画を練る最中、彼女に協力を頼むことにした。つまりそれが、「ルルはれっきとした処女である」という情報を伝えることだ。

ルルがエルシの花嫁になれないとなれば、彼らは他の白い乙女を探さなくてはいけない。時間がかかり、一網打尽にできる機会がいつ訪れるかわからず、その前にトスケ王が逝去し、事態が大きく動いてしまうかもしれない。

オラントの任務は時間との勝負でもあった。ルルに危険な役割はさせたくないと思いつつも、なるべく早い時期に儀式を行わせるためには、やはりルルに花嫁になってもらうことが最も確実な道だったのだ。

綿密に練られた計画は頭に入っていたけれど、やはりルルは緊張していた。何も知らない花嫁の役をこなさなくてはいけなかったが、パニックになってしまったらどうしようかと不安だった。今も、あの教会でのことを少し思い出すだけで震えが走る。

「そういえば……デンペルス公爵はあなたの正体に驚いていましたけれど、あなたは彼と知り合った時点で、自分の身分を偽っていたのですね」

「俺はいつだって城を出れば偽りの身分を使っているさ。幸い、国民は第一王子以外のことはよく知らないし、オラントだってよくある名だ」

「では、名前は本物なのですか」

「ああ、そうだ。デュマンは母の旧姓だがな。いちいち王子と触れ回って出歩いていたらいくら身代金があっても足りないだろう。俺は気の向くままに旅をするのが好きなんだ。ぞろぞろ家臣を引き連れての旅なんてとんでもないし、身分に縛られるなんて冗談じゃない。今回は兄貴たちの頼みだったから、入国時に正式に報告をしただけだ」

「とても王子とは思えない台詞ですね。ですが、そんなあなただから、王も第一王子もあなたを信頼し、頼ったのでしょうね」

適当に見えて、必ずやるべきことをやってくれるはずだという、根拠のない信頼感はルルもオラントに抱いている。ひとえに、彼の生まれながらの人柄のためだろう。

体も声も何もかも大きいが、心も大きい。オラントにはすべてを許容し包み込んでくれるような温かさを感じる。

「羨ましい、と思います」

「何がだ」

「家族との絆がある、あなたが」

オラントの眼差しが同情的なものに変わる。

そう、あの儀式で何よりもルルが打ちのめされたのは、父アーカスタのことだった。

「私は先程、一度死にました。エルシの剣が私の首に振り下ろされずとも、私が殺されようとしているのを歓喜に満ちた表情で見ていた父の顔を見て、死んだのです」

「ルル……」

「父の期待に応えようと私はエルシの婚約者として生きていましたが、父の望みは私が儀式の生贄《いけにえ》として死ぬことでした。私が自分の唯一の存在意義として信じてきたことが、死へと向かう道だったなんて……」

オラントの大きな手がルルの両肩を力強く掴む。

「ルル。あの男は、お前の父親ではない」

「え……？　いえ、父は私の父です。血の繋がりは明らかです。彼の若い頃と私の顔には、誰が見てもわかる相似が」

「血が繋がっていようがいまいが、あれは父親ではない。ただの木偶《でく》の坊《ぼう》だ」

木偶の坊、という言葉に思わずキョトンとしてしまう。遅れて、それがアーカスタを貶める表現だったと気づき、ルルはほんの少し笑った。

「オラント……」

「ルル。君の家族は俺だ」

「いいえ、あなたとは血の一滴も交わっていません。遺伝子がまるで違います」

「あー。そうじゃなくて。ルル、家族の定義は血の繋がりだけじゃない。共に生き、共に暮らす。幸せも辛いことも一緒に味わい、同じ時間を過ごす。それが家族だ」

「そう……なのでしょうか」

家族とは何なのだろう。オラントの言葉で、ルルの中の定義があやふやになってしまう。エルシはあんなにも血統にこだわり、階級社会を重んじ、かつて王族だった誇りがすべてだった。

自分の血が何であるか。家族とは何であるか。

そんなことを考え始めると、目眩がしてくるようだ。

「では、誰とでも一緒に暮らせば家族になれるということですか?」

「心の繋がりがあればなれるさ。俺たちはすでに通じ合っている。そうだろう?」

「心の繋がり……。私は、オラントの心が未だによくわからないことがありますが」

「互いを大切に思う心だ。それが通じ合うということだ」

なるほど、それならばルルはオラントを大切に思っている。すでに、彼には数え切れないほどのことで助けられているし、それに、一緒にいると安心するのだ。

(私は恋愛というものがよくわかりませんが、恐らくこれは限りなくそれに近い感情なのだろうということは感じています。少なくとも、オラントとの時間を失うことは考えられません)

父と婚約者との絆は永遠に失われてしまった。けれど、幼馴染のサリアとの絆は一瞬見失いかけたが、確かに存在していた。

ずっと自分は一人を好むと思っていたルルが、いつの間にか誰かとの繋がりを欲していた自分に気づいた。そして、オラントとの新しい関係性は、ルルの生活を大きく変えた。

彼が家族などと言い始めたことには違和感を覚えるが、嫌な感じはしない。つまり、ルルとずっと一緒にいると言ってくれているとわかるからだ。

「俺たちはすでに家族だ、ルル。そして、近い将来きっと家族は増える」

「え？　それは……誰か複数恋人を作るということでしょうか」

「ち、違う！　俺の愛する女性は君一人だけだ。俺が言っているのは、ここに新たな存在が宿るかもしれない、ということだ」

やにわにオラントに腹を撫でられ、ルルはぽかんとした。

そして一瞬遅れてその意味に気がつき、噴火しそうなほど顔が熱くなる。

「な……、な、何を言っているのですか！　い、いけません」

「何だ。嫌か。すでにそうなっていてもおかしくはないと思うんだが」

「い、嫌とかいいとかではありません。そ、そもそも、順番が違います。コサスタ王国の法律では……」

規則全般を無視できない性質のルルに、オラントはもはや慣れたように軽く肩をすくめた。

「君がそういうことにこだわるならば、順番を守ろう。今すぐ結婚だ」

「え、ええ!?　今ですか!?」

「そうだ。丁度、花嫁衣装を着ているじゃないか」

確かに、ルルは未だに純白の花嫁衣装に包まれている。けれどそれはただ脱ぐ機会を逸したというだけだ。ここはオラントの屋敷で着替えもない。

「で、でも、これは、儀式の……」

「心配するな。俺が手を回して作らせたドレスだ。君の儀式のために彼らが発注したものを、こっそり取り替えた。デザインは似ているから、まあ誰も気づかなかったようだな」

オラントは矯めつ眇めつルルのドレスを眺めながら、やれやれと首を振る。

「しかしエルシはセンスがないな。君の純潔を重んじているためとはいえ、こうも露出の少ないドレスを作るとは」

「わ、私はこの方がいいと思います。お父様が以前私に作らせていたドレスはどれも寒々としていて……」

思えば、ルルを身も心も真っ白な乙女としてエルシに捧げようとしたアーカスタだが、あんなにも胸元を強調するようなドレスを作らせていたのは、エルシが求めるものを勘違いしていたとしか思えない。

白い乙女を求めようとも、所詮男は皆女性の胸を好むものだという先入観でもあったのだろうか。エルシ本人が作らせたドレスのデザインがこうもすべてを覆い隠すものなのだから、ルルの父の考えはまったく間違っていたことになる。

「しかし、隠そうとするとますますいやらしくも見えるものだ。君の体のラインがより一層豊かに浮き上がっているぞ」

「い、いやらしい？　でも、すべて見えなくなっていますが」

「見えないからよほど想像させるということもある。特に君の胸はこのドレスの作りではますます強調されて見えるぞ」

　確かに腰から下はふんわりとボリュームのあるスカートに覆われているものの、腰から首元まで布一枚でぴたりとルルのサイズに合わせてあるため、ほっそりとした腰と重たげな二つの丸い乳房が却って強調され、奥に隠された熟れた果実の甘さを想像させてしまう。

「こんな野暮ったいドレスは脱がせてしまおう。ヴェールさえあれば花嫁とわかるし必要ない」

「え、ヴェ、ヴェールだけ残すのですか……」

　オラントの意外に器用な手であっという間にドレスは脱がされてしまう。残されたのは胴体を覆うコルセットとガーターベルトとストッキング、手袋、そしてヴェールだけだった。股間を覆うものは常日頃から苦手でつけていないため、ひどく卑猥な格好になる。

「……つくづくエルシはおかしい。こんな非常識なほどに美しくみだらな花嫁を、一晩も味わおうとしないとは……」

「み、みだらであっては、彼の理想に叶いません……それでは儀式が成立しませんから」

「俺など君の花嫁衣装を見たときからみなぎっていた。もう今や破裂寸前だ」

思わずオラントの股間を見てしまうと、言葉の通りすでに最高潮に盛り上がっている。その膨らみを見ただけでルルの体は様々な快感を思い出してしまい、肌がカッと熱くなった。

「俺も脱がせてくれないか、花嫁さん」

「わ、私が……あなたの服を？」

「ああ。俺は君の前で裸になったことがない。自分が脱ぐ手間も惜しいからだが……素肌を晒すと秘密もバレてしまうからな」

オラントの秘密とはなんだろうか。ルルはドギマギしながらも、言われた通りにオラントの服に手をかける。

シャツのタイを解き、ボタンを外す。震える指でぎこちなく一枚ずつ布地を剝いでいくと、次第にオラントの裸身があらわになっていく。

（なんて……綺麗な体なんでしょう。誰かの裸なんて見たこともないけれど、オラントのような美しい体つきの人は他にいるんでしょうか……）

ルルの心臓は飛び出してしまいそうに高鳴っている。長身で身の幅の厚いオラントは立っているだけで威圧感があるが、その見事に引き締まった筋肉の陰影、輝く褐色の皮膚のなめらかさはまるで美の女神が手ずから彫った彫刻のような、太陽神の如き眩しい裸形であった。

そしてその背中の中央に彫られた紋章を見たとき、ルルはああ、と声を漏らした。

「これを隠すために、あなたは裸になることができなかったのですね」

「君にはまだ明かしたくなかったからな。王族は産まれてすぐに小さな印を肌に刻まれる。成人してその印の上から王家の紋章を入れるんだ。博識な君は見ればすぐわかってしまうだろうと思った」

「どうでしょうね……裸になってからも、私はあまりあなたの背中を見ていませんから」

「では、どこを見ている？　ここか？」

自然に手を取られて股間の高ぶりに触れさせられて、ルルは飛び上がって驚いた。

「い、い、いきなりはいけません。驚いてしまいます」

「何だ、もう何度も受け入れているだろう」

「で、でも……慣れないものは、慣れません」

「少しは触れてみてくれ。君のすべての感覚で、俺の全身を覚えて欲しいんだ」

オラントが手を離さないので、ルルは仕方なくレースの手袋越しにオラントの脈動するものを触る。あまりの恥ずかしさに目を閉じていると、却ってつぶさにその形を感じてしまい、ルルは思わず顔がのぼせて、息が上がりそうになるのを噛み殺し、何度も唾を飲んだ。

（ゆ、指で摑み切れません……なんて太いんでしょう……こんなものをいつも私は……それに、幹もごつごつとしていて……これは……血管、なんでしょうか……ああ、この大きな亀頭……つるりとしています……上の割れ目から、こんこんと何かが漏れていて……この張り出した部分、なんて逞しいんでしょうか……それに、全体が……な、長い……私の肘から手首くらいまであるのでは……ああ、このすべてを埋めたら、私のお腹の奥は……）

オラントは荒い息をつきながら、ルルの腰を撫でる。

「ルル……そんなに熱心に愛撫されたら、出てしまう」

「えっ……、あ、す、すみません……つい……」

「そんなに面白いか、俺の体は。いいぞ、今日は花嫁の好きに探検してみるといい」

オラントはルルを抱えて、寝台にごろんと横になる。目で促され、ルルは胸を高鳴らせながら、裸のオラントを調査してみることにした。

（顔はいつも見ていますが……じっくり観察してみると、本当に私とはすべてが真逆で面白いですね……黒くてウェーブがかった髪に、褐色の肌、黄金色の瞳……荒く彫られたような野性的な顔立ちですが、均整がとれていてとても美しい……やや肉厚な唇、ここも私は好きです……オラントの口づけは心地いい……）

心の中で好き放題に感想を呟きながら、ルルの指は下へとくだる。

（太い首……とても男性的な喉仏……分厚い胸板……叩いたら私の拳の方が壊れてしまいそう……お腹、ぼこぼこしています……ここはこんな風に筋肉がつくのですね。面白いです……解剖学にも興味がありましたが、どうしても言語学を優先してしまいました。骨や筋肉の仕組みをもっと学んでみたいものです……）

逞しい脚をなぞりながら、ルルは再びそこへ行き着く。限界までそそり立った巨大なものの質量に下腹部を熱くしながら、濃い精の香りに、思わず鼻先をそこへ近づける。

「く、……ぅ、ルル……、あ」

ルルの吐息にさえ反応するオラントの声が愛おしくなり、欲情にぼうっと視界が霞んできたルルは、そのまま唇で亀頭を包み込んだ。

「はっ……、あ……、ぁ……」

「ん……ふぅ……むぅ」

大きい。亀頭だけで口の中がいっぱいだ。頑張って喉の奥まで入れようとすると、すぐに生理的な反応でえづいてしまう。同時に粘ついた唾液があふれてきて、ルルはそれが下腹部の反応と似通っていると感じる。

(下に入れられても、最初はお腹が苦しくて……でも、じんわり、気持ちよくなり始めて、だんだん、奥を突かれる度に、どっと愛液があふれるようになって……)

そう思うと、口に含むだけでもひどく興奮してきてしまう。ルルは入り切らない根本を草むらに指を絡ませながら優しく擦り、先端を喉の奥に押し込む行為を繰り返した。

苦しいけれど、気持ちがいい。次第にやめられなくなって夢中で何度も盛んに出し入れしていると、オラントが悲鳴を上げた。

「だ、だめだ、あぁ、あ、ルル、やめてくれ……っ」

「ん……、え……？　あ、い、痛かったですか、オラント……すみません……」

「ち、違う……出てしまいそうだった……君の口に出してしまうところだった」

その言葉を聞いてルルはキョトンとした。自分は勝手に遊んでしまっていたが、それでオラントは快感を得ていたのか。そして、口の中に出してしまっても構わなかったのに、と少し不満に思った。その味や感触を調べてみたかったからだ。

「いいのですよ、オラント。私の口の中で達しても」

「いや、それはいけない……俺はすべて君の腹の奥に注ぐと決めている」

「な、何でそんなことが決まっているんです……どこで出してもいいのではありませんか」

「君の子宮が俺の子種を欲しがっているからな。俺にはその声が聞こえるんだ」

妙なことを言いながら、オラントはルルの体を引き上げ、よだれまみれになっていたルルの唇に熱烈にキスをした。

「しかし君は随分しゃぶるのが好きだな……夢中になっていただろう」

「は、はい……何だか、面白くなってしまって」

「君は興奮していたんだ。欲情した君の匂いが立ち上ってきた。ほら、触っていないのに、こんなにずぶ濡れだ」

「あっ……、本当です……私……」

ガーターベルトとストッキング以外何もつけていない下肢をなぞられ、ルルは背筋を震わせた。口にオラントを深く含みながら、いつも自分がされていることを想像して夢中になってしまったのだ。妄想だけでしとどに愛液を漏らしてしまっていたことに、ひどく恥ずかしさを覚えた。

「君は探求するのが好きなんだな……じゃあ、自分でこのまま入れてみてくれ」

「わ、私が、ですか……」

「ああ。こうして、摑んで、自分のそこに当てて……」

ルルはオラントの上で腰を浮かせ、先程まで口に入れていたものに指を添え、濡れそぼつそこに押し当てた。

少しずつ体重をかけると、濡れた肉を割り、ぐじゅりと大きな亀頭が埋没する。

「はぅ……、ゎ……、は……」

「ふふ、自分で入れると、随分、違うだろう……」

オラントは胸を弾ませ、少し苦しげにしている。本当は自分で好きに動きたいのかもしれない。けれど、ルルが少しずつ自分で動いているので、耐えてくれているのだ。

そんなオラントの様子に愛おしさを覚えながら、ルルはじわじわと腰を沈めた。ぐぷ、ぶぷ、とぬかるむ隘路を掻き分け、極太のものがずぶずぶと埋没してゆく。

（ああ……私の中に、あんなに大きなものが……ああ、なんて……なんて、気持ちいいんでしょう……）

ルルはうっとりとしてオラントの長大な黒蛇を呑み込み続ける。敏感な子宮口まで押し入れ、そのまま体重をかけると、ぐうっと子宮が押し上げられ、ルルは無意識によだれをこぼし、その痺れるような甘い甘い快楽がじゅわりと腰の奥から広がっていく感覚をうっとりと堪能した。

「はあぁ……あぁ……入り、ましたぁ……」

「ふぅ……すごい、な……かなり、感じているだろう……君の中が、くぅ……ひどく、動いて……」

「ふあぁ……太いぃ……あぁ、長いですぅ……ああ、すごいぃ……」

恍惚として、ルルは腹の中のオラントをつぶさに味わおうとする。無意識の内に膣肉が巧みに動き、様々な動きでペニスを搾り立ててしまう。

「く、うぅ、う、あ、そんなっ……、あ、だ、だめだ、あ」

「へ……？　え、あっ……！　ふぁ……」

オラントは、大きく胴震いし、なんと射精してしまった。

突然のことにルルは何もできず、ただ最奥で濃厚な精を大量に受け止め、その感触で自らもあっという間に達してしまう。

「ル、ルル……君はいつの間に、そんな技を……」

「ふえ……ぇ……？　私、何も……ただ、中にある感覚を、調べようと……」

「ふ……はは……君は何かを突き詰めようとすると、たちまち集中してしまうんだな……とんでもない名器にまでなってしまった……娼婦も裸足で逃げ出すぞ……」

「な、何ですか、それは……」

オラントの言っていることが理解できなかったが、快感を求め続ける腰は勝手に蠢いてしまう。相変わらず吐精しても隆々と反り返っている男根は、ルルの敏感な媚肉を余すところなくみっちりと満たし、歓喜に震わせた。

ルルは腰を上げ、そして下ろしてみる。上手く動けず、膝の位置などを変えながら動いていると、オラントが先程放ったものが愛液とともにごぽりとあわいからあふれ出してくる。

「はあっ、はぁっ、あぁ、は、あ、あぁ、これが、丁度いい格好、かも、しれません」

カエルのように肘と膝を曲げ、腰を上下させると、小刻みに自分のいい場所を盛んに擦り上げることができる。

普段運動などしていないルルでは続けるのに限界のある格好だが、その心地よさに夢中になって、自分がどんなすごい格好で動いているかなど気にもせず、眼鏡がずり落ちそうになるのも構わずに、ルルは集中して快感を貪っている。

「はぁ、ひぁ、はぁ、あぁ、すごい、すごいぃ、あ、いいです、はぁ、あ、あぁ」

「く、ふぅ、うっ、ま、また、ルル、これじゃ、また、出てしまうっ……、ふぅ、う、あ」

「いいれすよ、出して、は、あぁ、どうぞ、お好きに、はぁ、あぁ、んぅ」

オラントが汗を滲ませて歯を食いしばっている上で、ルルは瞼を細かく痙攣させながら、勝手に絶頂に上り詰める。

「あぁ、はぁ、ひぃ、あ、いぃ、あ、来ます、あ、来る、来る、う、ふぅう」

ぐっちゃぐっちゃじゅっぽじゅっぽとすごい音をさせて腰を細かく動かしていたルルは、

訪れたオーガズムにブルブルと痙攣して強張り、ぎゅうぎゅうと中のペニスを絞って忘我の境に飛んだ。

オラントはたまらず、また小さく叫び声を上げて精を噴きこぼす。たっぷりと胥水を受け入れて、ルルは恍惚としてそれを味わった。

「はぁ……あ……また、オラントの……あったかぃ、れぅ……」

「き、君は……なんてことだ……これじゃ、まずい……道具になった気分だ……」

うっとりとしたまま、また小刻みに腰を動かそうとするルルを、オラントが慌てて制止する。

「花嫁のヴェールを被った君に犯され続けるのも悪くはないが……俺も、少し動いていいかな」

「は、はぃ……すみませ……私、勝手に……」

「いや、とてもよかった……何か別の自分が目覚めてしまいそうだった……いや、それはもう少し先のことでいい……」

何やら一人でぶつぶつ呟きながら、オラントはルルの体勢をひっくり返し、いつものように自分が上になる。ずれたルルの眼鏡を外して脇へ置くと、頰を大きな手で包み込んだ。

「君は自分で動くときは浅く細かく動いていたが、それがいちばん心地いいのか？」

「あ……いぇ、その……深いものも好きなのですけれど……体いっぱいに響いて、動けなくなってしまうので……」

「感じ過ぎるということか……それじゃ、俺がやってやらないといけないな」

オラントはルルの脚を開いてがっちりと抱き込み、激しく動き始める。

「ほぉっ！　お、ほ、はぁ、あ、お、はあっ」

ずどっと最奥を殴られ、目の前に火花が散る。立て続けにどちゅどちゅと叩き込まれれば、稲妻に貫かれたように全身が痺れ、四肢の先まで発作のように痙攣してしまう。

「おお、ほ、んおぉっ！　お、あ、はおぉ、あ、ひぁ、あ、んあぁ」

あまりに激しい抽送に、たわわな乳房がずるんとコルセットから抜け、細い胴体の上でバウンドし、オラントの硬い胸板に擦られ、めり込んだ乳頭がたちまち大きく勃起する。

あまりの悦楽に蜜が洪水のようにほとばしり、オラントに唇を吸われて深々と突かれながら、ルルは法悦の極みに漂い、暴力的な快楽の嵐に溺れていた。

「ふぅっ、ふぅっ、ふ、はぁ、お、んぉ、ほ、あ、はぁあ」

「あぁ、はぁ、そう、そうだ、君のその、獣のような声が聞きたかった……やはり、奥まで激しく突かれないと、それは出ないようだな……ふふ、いい調査結果が出そうなんじゃないか？　ルル……」

二人で汗みずくになって絡まりながら、ルルは返事の代わりにオラントの背中の紋章に爪を立てた。

子宮口に巨根がめり込むのは、痛みを超えて空を飛んでしまいそうに例えようもなく気持ちがよくて、激しさのあまりその度失神してしまいそうになる。極太のものに奥深くまで突かれれば、喉の奥から声が出てしまうのは仕方がない。膣肉を細かく捲り上げて得る快感と、最奥まで呑み込んで叩きつけられる快楽は、また違う種類のものだった。

(どちらも好きですが、あぁ、この、何も考えられず、頭の中をぐちゃぐちゃにされてしまうのは、やはり、こうして大きくて重いオラントに抱き潰されながら、串刺しにされる、この感覚です……何もわからなくなって、好きに犯されて、変な音を出す道具になる感覚は……何とも言えず……快感です……)

ふと、白薔薇の園で性交による絶頂が、この世の真理に近づく手法として用いられていたことを思い出す。

信徒たちは皆、この果てしない、途方もない絶頂感を知っていたのだろうか。我を失い、ただ快楽を追い求める本能だけの生き物となり、ひたすら喘ぎ、叫び、咽《むせ》び泣くだけの、この法悦の海を彷徨《さまよ》う、無限の放浪を感じていたのだろうか。

(いいえ、これを知っている者が多くいたとは思えません。知っていれば、身分などどうでもいいと悟ったはず……。肉体の感覚は階級で変わるものではありません。彼らはこの世の真理など知らない……私が……私だけが知っているのです……)

「はぁ……あ、あひぁ、あ、んあぁああ」

「またいったか……く、は……俺も、また出そうだ……欲しいか、ルル……奥に欲しいか」

「ほ、ほひぃでふ、あ、ふぁ、はあ、ひ、あ、くださ、あ、あっあっ」

オラントは汗を散らして一層獰猛に動く。すぐにうめき声と共にルルの奥にたっぷりと注ぎ込み、共に達した。

「はぁ、は、ひ……ふぁぁ……」

「ああ……君の子宮が美味そうに俺の子種を呑み込んだぞ……ふふ……さあ、もっと何度もしよう……たくさん俺の精を味わって、孕んでくれ……俺のルル……」

オラントはあんな捕縛劇を演じたばかりだというのに、まるで疲れも見せず、いつまでも強靭な腰を振り続けた。後ろから突き、横抱きにして揺すぶり、座ってルルを膝に乗せ、何度も何度も、荒々しく交わった。

ルルは叫んで仰け反り、快楽の飛沫を噴き上げながら、絶頂の痙攣の内に何度か意識を手放した。

褐色の恋人の腕の中で歓喜に満たされ、口を吸い合い、快感を搾りながら、薔薇色に染まった頬に微笑を浮かべるのだった。

＊＊＊

よく晴れた気持ちのいい朝、ルルは小さなトランクひとつに荷物をまとめて家を出た。

門前ではオラントの馬車が待機している。

（とうとう、この家とも、この国ともお別れです）

屋敷から見送りに出て来る者はいない。ここには誰一人家族などいなかった、とルルは再確認する。

馬車に乗り込もうと門を出ると、そこへ声をかける者があった。

「ルル！　ああよかった、間に合ったわ」

サリアだった。息を切らせて、琥珀色の髪を乱しながら、乗ってきた馬車から転げるようにルルの元へ駆け寄ってくる。

「サリア、こんな早くにどうしたのですか」

「何言ってるの、水臭いわね。もちろん、あなたを見送りに来たのよ」

サリアにはコサスタを出てトスケへ向かう日時を知らせていた。家を出てオラントの元に行くことになったと報告したのは彼女だけだ。

当主アーカスタが逮捕され、ギューゼント家は当然宝石商を廃業することとなった。資産も凍結されて、家族は何とか今後の生活を守るために、慌ただしく親戚や知人友人の家々を駆けずり回っている。

しかしルルにはすでに関係のないことだった。そもそも父くらいにしか存在を認識されていないくらいだったし、書庫に閉じこもっているルルのことなど誰も彼もが忘れ去っている。ルルはアーカスタが教団のために飼っていたただの供物であった。

そう、ルルにとってこの国を出て惜しいと思うのは、唯一、あの書庫の空間のみだ。オラントにそう打ち明ければ、「城にはもっと広い書庫がある」と言われ、胸を踊らせている。

「私はあちらに親戚もいるし、近い内にまた遊びに行くわね、ルル」

「ええ、ぜひ。ただ、気まぐれなオラントのことなので、そのとき国外へ行っていないとよいのですが。たくさん、手紙を書いてお知らせしますね」

オラントはどこへ行くにもルルを伴うと宣言している。しばらく一人にはなれそうにもない。

そのことを思うと、あの静謐《せいひつ》な場所で一人きり、数多の本に囲まれていた生活がやや恋しくもなってくる。

ルルとサリアが別れを惜しんで立ち話をしていると、それを急かすように馬車の中からぬっと大男が現れる。

「サリア。式にはもちろん君を呼ぼう。お好みのトスケ男のタイプがいたら教えてくれ。軽く十人ほどは用意しておく」

「オラント……何を言っているのですか」

唐突に恋人を斡旋するようなことを口にするオラントに、ルルは真面目な顔でかぶりを振る。

「サリアはかつてエルシに憧れていたのですよ。彼は天使のように繊細な美少年だったのです。筋骨隆々としたトスケの男性は好みではないんじゃないでしょうか」

「あら、ルル。そんなことはないわよ。これでもあらゆる美の種類に嗜みがあるの。トスケの男性ももちろん興味深いわ。とびきりの美男を見繕っておいてちょうだいね、オラント様」

「わかった。だが、俺のことは呼び捨てでいい。君は愛しの妻の親友なんだからな」

まだ正式な妻ではありません、と間違いを正そうとしてしまうが、すんでのところで押し止める。

　最近、ルルはそういったことを意識してするようになった。定規で測ったような正誤の判断は、するべきではない場合が大半なのだとようやく学んだのだ。ただし、どういうときにどういう対応が適正であるのかは、皆目わからない。だから、判断に迷う場合はとりあえず沈黙し、事態を観察することにしている。何でも思ったことを口にしていた頃と比べれば、多少なりとも成長している、と自分で自分を讃えてみる。

「そういえばな、エルシは罪を認めているそうだ」

　サリアと別れ、馬車が出発すると同時にオラントはそう口にする。

「というよりも、なぜ完璧なはずだった儀式がだめになってしまったのかをずっと考察している様子らしい。殺人などの後悔はまるで覚えていないようだな」

「儀式はそもそも完璧ではありませんでしたからね。あれではもし完遂されたとしてもデンペルス家が王位に返り咲くことはなかったでしょう」

「完璧ではなかった？　そうなのか」

「ええ。私は身も心も白い乙女ではありませんでしたから。よしんばあなたとのことがなかったとしても、私の心は真っ白とは言い難いものでした」

　外見はなるほど白い乙女と言われてもそれに相応しいかもしれない。けれど心が白いかどうかというのは、結局他人が覗き込めるものではないのだ。本人以外にはわかり得ぬことである。

「エルシは私が一般的な女性が持つ負の感情とは縁遠いと思っていたようですが、私には嫉妬も憎悪もありました。人を羨んでばかり。世の中を呪ってばかり。そんな女の心がどうして白いと言えましょう」

「人を羨む？　俺から見ても、君はまったくそうは見えなかった。世の中を呪っているとも見えない。君はいつでも一人気ままに自由に生きているように見えたし、他者への感情などまるで抱いていないように思えた」

「そうしなくては、自分が生きていることに耐えられなくなってしまうからです。私は孤独になるより他なかった。他人に関心を持たずにいるしかなかった。そうでなければ、自分が他の人々とあまりに違うことを自覚せずにいられない。どうして私は普通ではないのだろう、なぜおかしいのだろうと、悲しみに沈んでしまうのです。いっそ、皆私のように妙な言動をすればいいのにと何度も思いました。そうすれば、私も普通になれるから」

「ルル……」

　このような心の内を人に明かしたのは初めてのことだった。サリアでさえルルの心を真っ白だと思っていたのだ。親友の中にいる自分を汚したくはない。裸を見せ、本能のままの姿を知っているオラントにしか打ち明けられないことだった。

「エルシは根本的に誤っていました。もしも完璧な純白の乙女を求めるのであれば、産まれ落ちたばかりの赤子を供物とするしかないでしょう。それが唯一の完璧な儀式たり得る条件です」

「確かにな……成長していく過程で他者との違いを認識すれば、一度も負の感情を覚えずにいるということはほぼ不可能だな」

「心に色など求めること自体がナンセンスなのです。人の心はそんな単純なものではありません。私にとっては最も難しい学問です」

オラントはルルの憂鬱を吹き飛ばすように場違いなほどの声で笑った。

「苦手な勉強は手をつけなくたっていいさ。心は大事な人と通じ合っていればいいんだ。それよりも、君の大好きな言語を学び続けるべきだろう」

「オラント。あなたは本当に適当で、そしてよいことを言いますね」

「そうだろう？　これから俺と世界中を回って色んな言語や文化を見て回ろうっていうのに、難しいことを考えて時間を浪費するのはもったいない」

オラントの大きな手がルルの小さな肩を抱く。その温かさに、ルルは心が弛緩するのを覚えた。

「まあ、諸国漫遊に出る前に家族が増えるかもしれんがな」

「ま、またそんな、適当な……」

「あり得る話だろう。まあどんな展開になっても、俺が君と生きることに変わりはない。大家族になって大移動しようじゃないか」

その大雑把な物言いが適当でなくて何だというのか。呆れながらも、きっとこの男とならば何があっても大丈夫だと、そう思わせられてしまうこのふしぎな感覚は何なのだろう。

馬車のカーテンを開けば、そこには国境を超えたばかりの世界が広がっている。オラントは現代のトスケ語で声を上げた。

「さあ、コサスタを出たぞ。あの国であったことはもう過去だ。今から俺と新しい人生の旅に出発しよう」

「ええ、オラント。これからどんなものを見聞きできるのか、とても楽しみです」

ルルもトスケ語で答えながら、これからは母国語のコサスタ語で話すこともほとんどなくなるのかもしれないと思ったが、まったく悲しくはなかった。

静かな場所で孤独に過ごす白き乙女の日々は終わった。これからはこの賑やかな男と諸国を巡る色鮮やかな毎日が始まる。

(どんな色の言語が、文化が、景色が存在するのでしょう)

どこへでも行ける。自分はもう一人ではないから。

ルルはオランントの黄金色の瞳を見つめ、心の赴くままに口づけた。緩やかに踊る指は大きな掌に優しく握られ、束の間ダンスを忘れた。

第五章　幸福の花園で

その姿は、闇夜に煌々《こうこう》と光る満月のようだった。

この世にはこんな美しい人間もいるのかと、しばし目を疑ったほどだ。いや、人間ではないのではないか、女神か妖精か、人ならざる何か神秘的な存在なのではないか。

そんな妄想を、彼女の舌っ足らずなトスケ古語が打ち破った。

『す、すみません！　あの、あなた方の喋っておられるのは、トスケ王国の古語ですよね？』

緊張と興奮に裏返ったか細い声は、まさしく人間の女性のものである。そして遅れて、今や絶滅したに等しいトスケ古語を喋れる人間が他にいたことに驚愕したのだ。

「ほう、我が国の古語を……。それは何と素晴らしいことか。私ですら簡単な単語しか知らないというのに。オランドは秘密の会話に丁度いいと従者と共に古老に教わったようだったが、他に喋れる者を私は知らない」

自分たちの出会いはトスケ古語がきっかけであったことを、兄、ドルーゲンに告げると、彼はひどく驚き、そして一瞬でルルに魅せられたようだった。

トスケの宮殿に帰り着き、盛大に歓迎され、黄金色の食堂で久方ぶりに家族で夕食を共に楽しみながら、オラントは隣国であったことをすべて兄に語って聞かせた。

広い食卓には所狭しと湯気の立つ料理の皿がいくつも並べられ、とても食べ切れないほどである。

ふんだんにスパイスの使われた柔らかな羊の肉や、彩り豊かな野菜と共に供せられる新鮮な魚介など、どれも宮殿のシェフたちが張り切って腕をふるった絶品だ。

その食器は金、銀、といったものから東洋の陶磁器、美しい漆塗りなど、貿易の盛んなトスケをよく表したものとなっている。

再会を喜ぶ面々は皆よく飲み、食べた。トスケの甘い酒ツイはやはりトスケの料理とよく合う。オラントは浴びるように飲みながら、盛んに話した。

ルルも少しずつ酒を口に含み、興味深そうに話を聞いている。

病床にいる父王には枕元で報告することしかできなかったが、憂慮していた件が解決したためか、その顔色は出国する前よりも目に見えてよくなっていた。

事件の中心人物でもあった第二王子ダパスは今拘留され、近々裁判が開かれることになっている。

問題の男がいなくなった宮殿は、以前の物々しさが嘘のように消え、和やかな空気に満ち満ちていた。

「それに今回の件の解決は、彼女がいなければ成し得ないことだった。あの夜会で出会っていなければ、俺は今もコサスタに留まり調査を続けていたかもしれない」

「そんなことはありません、オラント。あなたもすぐにデンペルス家に辿り着いたはずです。自分を過小評価してはいけません」

はっきりと訂正するルルを見て、ドルーゲンはますます目を丸くしている。その大人しそうな外見からは想像もつかない台詞だったのかもしれない。

オラントの兄であり第一王子である彼は、弟と同じく身長が高く顔立ちも似通っている。ただオラントのように剣術や格闘技を好むのではなく、政治や経済に幼い頃から興味を示し、座学を好んだ。生まれついての王といった公明正大な気性で、周りの誰からも好かれ、国民にも愛されていた。

「オラント、今回は本当にご苦労だった。お前に頼んでやはり間違いはなかった。それに、ルリアネール嬢。あなたのような素晴らしい女性を連れ帰って来るとは、喜びも倍になりました。母もきっと天国で喜んでいるはずです」

ルルは瞬きをしながらオラントを見た。そういえば、ルル同様に母を亡くしていたことは話していなかったかもしれない。

「母上は最期まで俺のことを心配していたからな……それだけ気苦労をかけたということだな」

「ははは、自覚があるのか。母上はお前のことがいちばん可愛かったのさ。手のかかる子ほど……というやつだ」

王の子どもたちは生母が違う場合もあるが、オラントとドルーゲンの母は同じで、数年前に病で亡くなっている。母が同じということもあり、昔から二人は仲がいい。

「兄上、式はなるべく早く挙げたいが、彼女の性格上、かなり小規模で、内輪のみでやるつもりだ」

「そうなのか？　しかし、国家の一大事を救ってくれた英雄たちの結婚式を内輪で、とは……もっと盛大に祝いたいものだが」

「いいや、そういうものはルルには耐えられない。多くの人が集まる場が極めて苦手なんだ、彼女は。宴は別にしてやればいいが、彼女が参加するものはなるべく静かで小さなものにしたい」

最初はふしぎそうにしていたドルーゲンも、オラントの要望を聞き入れて、小規模で、しかし最も素晴らしい、贅を凝らした、他に二つとない式にしようと約束してくれた。

余興できらびやかな装いの艶やかな踊り子たちが現れ、トスケの伝統的な踊りを舞った。ルルはその際どい衣装や腰の蠢きに目を丸くしていたが、面白げにダンスを凝視していた。

宴《えん》もたけなわとなった頃には夜も遅くなり、賑やかな夕食を終えて、オラントたちは食堂を出た。

美しい装飾の回廊を渡り共にオラントの部屋に戻ると、ルルはほうと大きくため息をついた。慣れない場所でずっと緊張していたのだろう。

「式のこと、お兄様に無理を言ってしまったようで、心苦しいです」

「そんなことはないさ。もっと国の金を使って盛大にやれと頼むならまだしも、小規模にしてくれと言っているだけだ。何も問題はない」

「そうでしょうか。失望させてしまったかと思いまして。その、私自身のことも含めて」

目を伏せるルルに、オラントは意味がわからず首を傾げた。

「何だ、失望とは。俺が君を花嫁として連れてきたことに、ということか」

「ええ……。あなたの相手ならば、もっと美しく、聡明で、素晴らしい女性が相応しいと」

「君以上に美しく聡明な女性はいないよ。そこは間違いない。ああ、さっきの言葉を返そうか。自分を過小評価してはいけないぞ、ルル」

冗談めかして言うと、ルルの青白い頬はたちまち薔薇色に染まる。

ルルは元々の肌が透けるように白いため、少しでも上気するとすぐにわかってしまう。そこがまたたまらなく愛おしい。

（こんなに普段は可愛らしく、理性的で賢い女性だというのに、脱げば恐ろしく挑発的でみだらな肉体だし、セックスの最中は凄まじいからな……ああ、いかん、思い出すだけで勃起しそうだ）

元々性欲が強過ぎるきらいのあったオラントだが、ルルと出会ってからは、彼女が側にいるだけで四六時中抱きたくなってしまう。

ルルは他の女のようにオラントを誘惑するわけではない。彼女自身が何もせずとも、その肉体が、体臭が、声が、オラントを誘うのだ。

他人との接触を極端に嫌うルルがオラントに興味を持ってくれたのは、珍しい言語のためだった。そうでなければ接点など皆無だっただろう。オラントはトスケ古語を習得していた自分を褒めちぎってやりたい気持ちである。

オラント自身、ルルが初めて出会うタイプであまりに面白かったので、屋敷にまで連れ去ってしまった。当初はそんなにのめり込むつもりなどなかったというのに、気づけば蟻地獄に嵌ったかのように抜け出せなくなっていたのだ。

自他ともに認める酒好きで女好きのオラントは、出向く先々で違う女性と一夜を楽しむのが常だった。表向きはただの放浪だが、もちろん政治的な目的を持って外国へ出向くことがほとんどである。その際に何の楽しみもなくてはつまらないと、ほぼ毎晩誰かと寝ていた。

そんな自分が、今回のコサスタではルルとしか寝ていない。調査の過程で娼婦と馴染みになる必要があったのである程度のことはしたが、まるで興奮しなかった。

最初にルルを抱いたとき、自分の命運は決してしまった、と感じた。そのくらいルルとの体験は素晴らしかったのだ。最初から避妊具を用いなかったほど、当初からオラントはコサスタからルルを連れ去るつもりでいた。他の女と違い、オラントにまったく恋心を見せないルル相手に焦りも感じていた。早く孕んでしまえと大量に注ぎ込んだ。そして回数を重ねる度に、中毒症状はひどくなっている。

彼女が研究者気質であり、元々の素養もあったためだろうが、技術が瞬く間に成長してしまっていることも拍車をかけている。近頃では一方的にオラントが情けない声を上げて達することが多くなってきた。

恐らく体験していないことなどないであろうと思えるほど、遊んできた自覚のあるオラントだ。そんな自分が、処女で、異性どころか他者との接触が苦手だという女性に撃ち落とされてしまうとは思わなかった。

しかし、運命の女性をこうして花嫁として国に連れ帰ることができ、いたく満足している。

以前は結婚など窮屈なだけで婚約破棄までしたほどだったが、今やルルを縛りつけられる方法があれば何でも実行するつもりである。

「今日は長旅で疲れただろう。風呂にゆっくり入って横になるといい」

「あの、お風呂は……」

「侍女に用意させてある。ああ、もちろん、君が他人に触れられたり見られたりすることが苦手だと伝えてあるから安心してくれ。案内だけしてもらえばいい」

ルルはホッとした様子で、迎えに来た侍女に大人しくついて行った。

オラントも風呂を使ってさっぱりとし、マッサージをしようとする使用人を断って、ガウンを羽織って足早に部屋に戻る。

すると、女が一人、扉の前で待っていた。その顔を見て、オラントは眉をひそめる。

「ガウラ……こんな遅い時間にどうしたんだ」

「仕方ないじゃない、あなたが今日帰って来てるって知ったの、ついさっきだったんだもの」

ガウラは遠縁の公爵令嬢でオラントの幼馴染である。昔からの顔なじみなのでこうしてやすやすと宮殿に出入りもでき、何度か寝たことのある仲だが恋人ではなく、彼女には婚約者がいて、すでに同居していると聞いている。

豊かな黒髪をふっさりと胸元に垂らし、セクシーな体のラインを惜しげもなくあらわにするドレスを着ている。その流し目だけで男を惚れさせると評判の魅力的な黒い瞳で、かつてはオラント同様の遊び人として有名だった。

「どうして教えてくれなかったのよ。こんなに長い間いなかったんだから、帰国するときくらい手紙を寄越すのが普通でしょ」

「いや、お前とはそんな関係じゃないだろう。それより、婚約者殿が心配するだろうからもう帰れ」

「今夜はオラントのところに泊まるって言ってあるから大丈夫よ。理解あるの、彼って」

ガウラは色っぽく微笑んだ。婚約者の他に男を作るのも許容しているということなのか。よほどガウラに惚れ込んでいるのだろう。もしくは未来の妻が王族と繋がりを持つのも悪くはないと打算的に考える男なのか。

「さ、早く部屋に入れてよ。外は少し寒かったの。冷えてきちゃった」

「そんな薄い服を着ているからだ。悪いが、俺の部屋には入れられない。今夜一緒に寝る女性は別にいるんだ」

「あら……あなたってまだ遊んでばかりなのね。帰国早々……それとも異国で気に入った子を持ち帰って来たの？」

「その通りだが、今回は遊びじゃない。もうすぐ式を挙げる予定さ」

ガウラは眉根を寄せ、疑わしげにオランドを見上げる。

「嘘ばっかり」

「本当だ。すでに父と兄には報告済みだ」

「嘘よ……だってあなた、国を出る前に婚約破棄したばかりだったじゃないの。結婚などに縛られるのはごめんだと言って」

「お祖母《ばあ》さまが勝手に決めていた話だったからな。今回の相手は俺が自ら選んだ。この人以外にいないと感じた女性だ。前回の婚約などとはまるで話が違う」

真面目に語るオラントに、ガウラは呆気にとられたように固まっている。

そのとき丁度、暖かなガウンを羽織ったルルが、侍女に伴われて戻って来た。恥ずかしそうに俯いていたが、ふと、オラントと隣にいるガウラを見て、怯えたように目を逸らす。

ガウラはすぐに彼女がオラントの相手だと理解して、無遠慮な目でじろじろとその姿を眺めた。

コサスタでも銀髪は珍しいが、トスケでは更に稀だ。しかし国際色豊かなこの国ではあらゆる髪の色、肌の色の人間が行き交っている。これほど注視するものでもない。

あまりに無作法な観察に、オラントはルルを庇うようにその肩を抱いた。ガウラの額に青筋が浮く。

「すまないが帰ってくれ。いきなり来られても困る」

「それはこっちの台詞よ。いきなり人が変わったみたいになって帰国されても困るわ。いまいち信用できないから、今夜は隣の部屋に泊まらせてもらうからね。明日の朝たっぷり話を聞かせてちょうだい」

言うだけ言って、本当にガウラは隣の部屋に入ってしまった。確かにそこは客人も宿泊できる状態になっているが、どこまでも傍若無人な女だ。

オラントはかつて彼女と自分が兄妹のように性格が似ていると言われたことを思い出す。そのためか、頭から彼女を批判できない自分がいることも事実である。

「あ、あの……先程の方は」

部屋に入ると、早速ルルが心配そうに訊ねてくる。

「ああ、気にしなくていい。俺の友人だが、さっき俺が帰国したと聞いたんだそうで、顔を見に来たようだ」

「あの……隣の部屋に入ったようでしたが」

「今から帰るのも面倒だから泊まるんだろう。大丈夫だ、君は何も気にしなくていい」

とは言っても気になってしまうものだろう。夜遅くに派手な女が露出の多い服を着て部屋の前に立っていたのだ。しかも敵対心を隠さず観察されて、ただでさえ他人の視線が苦手なルルが小鳥のように怯えているのは明らかだった。

(トスケの女が皆ああだと思われ怖がられてしまうのも嫌だな……。だがここでやたら弁解するのも却って怪しまれそうだ)

ガウラも朝になれば少しは冷静になって大人しく帰るだろう。そう考え、今夜はもう彼女のことは気にしないことにした。

広々とした寝台に二人で並び、常備してある酒で唇を濡らす。ルルも少しアルコールが入ったことでようやく落ち着いてきた様子だった。

「風呂はどうだった。誰にも不快なことはされなかったか」

「大丈夫です。皆さん、私を気遣ってくださいました」

「何でも遠慮なく言ってくれ。ここにはいつまでいるかわからないが、すでに君の家でもあるんだからな」

「ありがとうございます……。お風呂はとても心地よくて、仕上げにと勧められた香油も本当にいい香りで……」

ルルを抱き締めると、その温まった皮膚から気品あふれる薔薇の香りが立ち上る。そしてルル自身の欲情の香りが混じり合い、オラントはたちまち全身が熱くなり、例によって我慢ができなくなった。

（ああ、俺という奴は、本当にもうだめになっている。ルルと出会ってからというもの、俺はまるで童貞のようだ。こうも毎度恐ろしいほど興奮してしまうなんて、どう考えてもおかしい……）

オラントは、ルルを初めて見たとき、そのあまりの神秘的な姿に、彼女は人間ではないのでは、と疑ったものだ。その想像はすぐにルルの人間らしい様子に掻き消されたものの、こうして自分がまるで底なし沼に沈んでいくように異様に魅了されてしまっているのは、やはり彼女が人ではないからなのでは、などと妄想してしまう。

「今夜は疲れているだろうから、やめておこうと思ったんだが……」

「オラント……でも……我慢できるのですか？」

ルルは眼鏡を外しておもむろに立ち上がり、腰紐を解いて、スルリとガウンを肩から落とした。

その姿にオランントは目を疑った。

「お風呂で世話をしてくださった方々に、夕食でのダンスがとても素敵だった、衣装も綺麗で……と言ったら、私のために用意してくださったのです。『オラント様もお喜びになるから』と……。サイズはちょっと、その、少し合わないのですけれど」

香油に光り輝く肌の上に、艶やかな薄紗の紫の衣装を纏っている。色とりどりの宝石の縫い留められた胸元は、ルルのたわわな乳房が収まりきらずやや桃色の乳輪が見えており、引き締まった腰にはシャラシャラと音の鳴る鈴がつけられた布が纏わり、深いスリットからは真っ白な太ももが露出している。

オラントは股間に血液が一瞬で集中してしまい、危うく気絶しそうになった。

ルルも興奮しているのは明らかで、乳頭は触れられずとも硬くしこって衣装を押し上げ、白い肌は上気して欲情の甘い香りが立ち上っている。

「素晴らしい……この衣装は何度も見てきたが、こんなにみだらに着るのは君だけだ、ルル」

「わ、私も……何だかこれを着ただけで、のぼせてしまいそうに熱くなって……我慢、できそうにないのです、オラント……」

オラントはたまらずルルを抱き締め、情熱的に口を吸った。するとそれだけでルルは腰をビクリと震わせ、達してしまった様子である。

「あ、ぁ……オラント……」

「たまらない……これでは休むどころか、一晩中やめられそうにない……」

寝台に押し倒しながら、衣装の上から香油で照り輝くみずみずしい乳肉を揉みしだき、はみ出た乳頭を乱暴に押し込むと、またもやルルは声を上げて達してしまう。

薔薇色の唇を夢中になって貪りながら、もはや一秒も我慢できずに、腰の薄布を払ってすでにずぶ濡れのそこへ一気に突き立てる。

「んぅっ！　んう、ふ、はあぁ……っ！」

「くっ……うぅ、ル、ルルっ……！」

絶頂に飛んだルルの膣肉が急激にオラントを搾り立て、こちらもたまらず達してしまう。

しかしあまりの快感に腰は止まらず、明らかに達し続けている顔をして細い胴体の上で零れ落ちそうな丸い乳房を揺らすルルに、ますます陰茎を硬く膨張させながら、オラントは猛然と抜き差しした。

「あぉっ！　お、おっ！　ほ、あ、はぁ、う、んふぅ、ふううっ！」

「はぁっ、はぁっ、うぅ、今夜も、すごいな、君はっ……、く、はっ……」

ぐっと奥へ入れると、まるでオラントの亀頭をぎゅうっと握り込むように絞ってくる。

かと思えば子宮が下がって奥がふわりと広がり、絶妙な痙攣で幹をしゃぶり、そしてまた両手で搾るような猛烈な動きを繰り返す。

腹に力を入れて必死で耐えていないと、毎秒でも出てしまいそうなほどに気持ちがいい。蜜を無限にあふれさせるぬるぬるの狭い肉が緩急をつけて男根を締めつけるのだ。時折白目を剝いて鼻血を垂らしてしまいそうになるほどの、常軌を逸した極楽だった。

ルルが腰を揺らすと腰の鈴が可憐に鳴り響く。それをもっと聞きたいがために、オラントはルルをひっくり返して腰を持ち上げ、後ろから思う様突き上げた。

「ほおぉっ！　おぉっ！　お、は、んおぉ、はおおぉ」

ルルは鈴をシャラシャラと激しく鳴らしながら子宮口をいじめられて理性を失った獣の声で叫ぶ。

（ああ、この声……こんなにも大きく何度も絶頂に飛ぶ女もいなければ、こんなにも本能のままの動物じみた声を上げる女もいない……ルルは感覚過敏であることもだが、隠す術《すべ》を知らないのだ……すべてありのままをさらけ出してしまう……それがもう何とも言えず、死ぬほど、興奮する……！）

オラントはルルにもっと叫ばせたくて、無我夢中で攻め立てる。硬くみなぎり反り返るもので最奥の餅のような弾力のある部分を執拗に幾度も幾度もこね回し、絶叫のような悲

鳴を上げさせ、間欠泉のように愛液をほとばしらせ、夥しい精液を噴きこぼしながら、自らも快楽の咆哮を上げる。

「あぁ、ルル、ルルっ……！　すごい、あぁ、君は極楽だ……あぁ、桃源郷だ……、おぉ、お、なんて動きだ、あぁあ、ルルっ……」

香油と汗でキラキラと濡れて光るルルの背中は、度重なる絶頂のために幾度も痙攣している。肌に散らばる長い銀髪は、朝露を含んだ蜘蛛の糸のように、ばらまかれた月の涙のように、美しく輝いた。

何度も奥で埒を明けるとルルを再びひっくり返し、目を白くしてよだれを垂らし、ヒクヒクと震えているその可愛い舌を吸いながら、オラントはかぶりつくようにルルの口を貪り、飽くことなく腰を振り続ける。

「ふうぅ、ふうぅ、んふ、う、はぁっ、は、んうぅ」

オラントの口の中で叫び過ぎて嗄《しわが》れた声で喘ぎながら、ルルは絶頂に飛び続ける。気絶したようになりながらも、オラントを求めるルルの腰の蠢きは、いっときたりとも止まらない。あの踊り子たちの腰の動きよりもよほど巧みで、激しく、気が遠くなるほどにみだらなダンスだ。

（誰よりもいやらしく、みだらで、美しい俺の花嫁……ああ、今俺は、ダパスの兄貴に感謝をしたいほど、コサスタに行ったことを幸運に思う！）

自分が捕まえずにいれば、ルルは今頃この世にいなかった。万が一それを免れたら、他の男の腕の中でこんな風に乱れただろうか。

（違う！　ルルを抱くのはこの俺一人だ！　俺はルルのために生まれ、ルルは俺のために生まれたのだ！）

もはや病んだ思考を疑問に思うこともないほどに、オラントは自分たちの運命を信じ切っていた。

ルルの言語への人並み外れた執着。眼鏡の奥の定まらない瞳。絶えず動く指先。一風変わった特徴も、最初からすべて愛おしかった。そして極上の体で、遊び人の王子は愛欲の地獄へ突き落とされたのだ。

「はぁ、はぁっ、あぁ、ルル、愛してる、愛してる……っ！」

「へぁ……あ、ぁ、オラント……ふあぁ……」

あふれる感情のままにルルの頬や鼻先やまつ毛まで吸いながら、オラントは飽きもせずに最奥で射精した。ルルは薔薇色の頬に微笑みを浮かべてオーガズムに震えながら、甘い声でオラントの名を呼び続けた。

それから二人は時間を忘れて、盛大な声を上げて延々と交じり合った。

気絶するように眠りに落ちたのは、空が白み始めた頃だっただろうか。

翌日、昼近くにオラントが目を覚ましたときには、すでに隣室にガウラはいなかった。使用人によれば、早朝まるで魂の抜けたような顔をしてフラフラと部屋を出て行ったらしい。

それほど壁は薄くないはずだと思ったが、ルルの獣じみた喘ぎは十中八九夜中隣に響き渡ってしまったのだろう。

(それを意図していなかったわけではないが……少々やり過ぎだったかな)

しかし我の強いガウラのような相手には、刺激が強過ぎるくらいでも丁度いいと思えた。中途半端に対処すれば、この国にいる限り、またしつこくやって来るかもしれないのだから。

あの声を一晩中聞いていれば、どんなに房事に自信のある女でも打ちのめされてしまうに違いない。

何しろ、数え切れないほどの女を知っているオラントでも見たことがないほど、ルルは激しく、何度も絶頂に達するのだ。知らない人が聞けば拷問でもされているのかと思うような絶叫も、ルルのみのものだった。

平常時の大人しそうな姿を見ていれば、あの子があんな声を、一晩中、と更に驚くはずである。その落差がたとえようもなく魅力的なのだ。

オラントとてそうだった。そして、コサスタでの事件が解決した直後の、ルルの切ない本心。本当は普通になりたいのだという、いとけないささやかな願望に、オラントの胸は締めつけられた。そしてますます、彼女は自分が幸せにしてやらねばならぬ、と決意したものだった。

（ガウラがいきなりやって来たのには驚いたが……わざわざ宮殿まで押しかけて来るのは彼女くらいのものだろう。これでしばらくは静かな生活が……）

廊下でガウラの件を聞いた後、愛しの妻の眠る寝室に戻ろうとした矢先、使用人が慌てて駆け込んでくる。

「オ、オラント様……ご起床されたばかりのところ申し訳ありません、その、お客様が」

「客だと……？　こんな早くにか」

「はい……もう少し遅くに来るようにとお願いしたのですが、皆様頑として受け入れず、仕方なく応接室の方に……」

とてつもなく嫌な予感がする。『皆様』ということは一人ではない。そしてこんな早くにやって来るその鼻息の荒さ。

痛む胃を押さえながら使用人に連れられて応接室へ行くと、そこには案の定、きらびやかな美女たちが十数名、勢揃いしていた。

　王侯貴族の令嬢、町娘、商家の未亡人、流しの踊り子、ベテラン娼婦と、身分も年齢も様々でありながら、皆一様に美しい女たち。無論、オラントが楽しく夜を共に過ごした者たちである。

「オラント様！　ああ、久しぶりにお顔を拝見できたと思えば……苦しい思いもなお一層募りますわ」

「オラント、一体どういうこと？　帰国したって聞いて慌てて来たら、妙な話を聞いたわよ！　嘘でしょう、結婚だなんて……」

「昨夜ガウラ様がいらしたでしょう。あの方、自分はもう諦めるなどと仰って、わたくしにもそうしろと仰いましたの。状況をお聞かせいただけますかしら？」

　口々に捲し立てられて、目が回りそうになる。

　皆オラントの女好きなのは知っていたはずだった。各国に女がいることも承知だろう。しかし、結婚するとどこからか聞いてこれだけ血相を変えて詰めかけてくるというのは、自分はなかなか愛されていたのだな、などと感慨に耽る余裕もない。

「久しぶりに君たちの顔が見られて嬉しいよ。しかし、すまないが……結婚の話のことなら本当だ。近々、式を挙げる予定で……」

オラントがそう言うやいなや、女たちは叫び声を上げたり、失神したり、泣き崩れたりと阿鼻叫喚の有様になった。

「考え直してよ、オラント！」

「あなたに結婚は似合わないし、まだ早いわ。一時の勢いで相手を決めてしまうのはよくないことよ」

「いいえ、わたくしは知っていますわ。結婚してもオラント様はオラント様。わたくしたちとの愛の関係は続けるおつもりなのでしょう」

口々に様々な台詞を叫びながら詰め寄ってくる女たちに押されつつ、オラントは必死で抵抗した。

ルルとのことだけは譲歩できないのだ。彼女は運命の相手であり、絶対に手放せない存在だ。誰に反対されようと、この決意だけは揺るがなかった。

「すまない。君たちが知っている俺はもういなくなったと思ってくれ。今は一人の女性だけを愛している。彼女と結婚し、生涯愛人は持たない。本当に申し訳ないが、俺が言えるのはこれだけだ」

もう話すことはない、と言い切ってオラントは応接室を後にした。

背後で恐ろしい叫び声が聞こえ、それに混じって制止する使用人たちの哀れな声が耳を打つが、これ以上自分があそこにいても女たちは憤るばかりだろう。オランントは女たちの執念を振り切るように大股で廊下を引き返す。

そして、柱の陰に佇む兄ドルーゲンに気づき、ハッと足を止めた。一部始終を聞いていたのだろうか。

兄は弟に歩み寄り、肩を叩いた。

「見直したぞ、オラント」

「兄上……」

「お前の女癖の悪さはそれこそ誰もが知っているが、これほどはっきり自らその繋がりを断ち切るとはな」

ドルーゲンはすでに結婚もし一男二女の子を持つ愛妻家である。オラントがまだ髭も生えない内から、乳母に始まり家庭教師、行きずりの町娘、長じてからは夜の街に通じ玄人筋の女や社交界の中での女たちなど、実に幅広くきりがない弟の女関係を見てきた兄だ。

これほどきっぱりと一人の女性を愛すると宣言したオラントを見て、目に涙まで浮かべて感激してしまった様子である。それだけのことで感激させる自分というものの行状が知れる、とやや反省するオラントだ。

そのとき、殺気を感じて、オラントは本能的に兄を庇いながら素早く飛び退いた。

一瞬遅れて、何者かの脚が凄まじい勢いで空を切る。

「勘は鈍っていないようでございますな」

「げっ……、ガリフ将軍」

「もはや将軍ではございませんよ、オラント様。十年前に引退済みです」

唐突に飛び蹴りを放ってきたのは、オラントの幼少の頃からの武道指南役であるガリフ元将軍である。

すでに引退暮らしをしている白髭の好々爺だが、堂々たる体格はとても一般人とは見えず、何より動きが老人のものではない。頬に微笑を浮かべていても、未だにその眼光の鋭さは隠せないので不気味である。

元々武道が好きなオラントだったが、ガリフの訓練は並大抵のものではなく、何度も宮殿の外に逃げ出した。しかし獣並みの嗅覚を持つ恐るべき指南役は、潜伏していた女の家まで乗り込んできたこともあった。

(今ではいい思い出だが、当時はしんどかったな。楽しかったけどキツかった。雪山に最低限の道具だけで放置されたり、地方の反乱に実際駆り出されたりもしたな……。冷静に考えりゃ王子への扱いじゃなかった気がするが、ガリフはきちんと俺を守ってくれていた。それがわかっているから、嫌いじゃないが苦手ではあるな)

方々へ出向くようになってからはあまり顔を合わせていなかったが、最後に会ったときとまるで変わっていない。もうしごかれることはないとわかってはいても、この老人の前に立つと自然と体が緊張するオラントである。

「私もオラント様がご帰国されたと聞いて、いの一番にご挨拶にと伺いましたが、華々しい先客の方々がおられたようで」

「う……、すまない……こんなことになるとは……」

「英雄色を好むと申しますからな。私はオラント様のお遊び大いに結構と思っておりますよ。一人のお相手でご満足される方でもありますまい」

ずっとオラントの側にいればそう思うのも無理はない。しかし、オラントは変わった。変わろうと決意したのではなく、変わらされたのだ。

「ガリフ、俺は結婚する。運命の相手なんだ。他の女はいらない。そういう相手に出会ったんだ」

「情熱的な出会いを経て結婚するとき、男は誰しもそう思うものです」

「そうかもしれない……だが、俺はこの先も、彼女の魅惑から抜け出せる気がしない」

神妙な顔でそうこぼすオラントに、ガリフは怪訝な目をしてドルーゲンを見た。

ドルーゲンは肩をすくめて苦笑する。

「とんでもない魔性の女だとでも思っているか、ガリフ殿。違うよ。とても真面目そうなお嬢さんだ」

「それならばなぜ、このオラント様が」

「さあ、男女の仲のことに首を突っ込むのは野暮というものだ。それより、私は弟が選んだ女性を信じるよ。末永く、彼のよき伴侶であってくれるだろうとね」

第一王子の言葉に、ガリフ元将軍は感心したように頷いた。

しかし、オラントの言葉自体には半信半疑のようである。それだけのことをしてきたのだから仕方がないとはいえ、一人の女性だけを愛すると宣言してこうまで疑われるのも悲しい。

（まあ、この先の俺の行動で示していくしかない。俺だって自分がこうなるとは少し前までまったく思っちゃいなかったんだ。自分自身だってこうなんだから、他人からしたら、そりゃ信じられないに違いない）

女たちに押しかけられ、兄に妙に感激され、指南役に疑われ、オラントは朝からヘトヘトになって寝室に戻った。

異国での疲れもあるのだろう、ルルはまだ小さな寝息を立てて寝入っている。

オラントはその寝顔を見るだけで、先ほどの喧騒が嘘のように心が凪いでいくのを感じた。

ルルはオラントの欲情を掻き立てる存在でありながら、こうして苛立った心を癒やしてくれる存在でもあるのだ。

嘘のつけないルル。婉曲表現を知らないルル。ときにその言葉は鋭過ぎる刃ともなるが、彼女の言葉だけは信じられるという信頼と安心感がある。

オラントは静かにルルの横に寝そべり、その寝顔を眺めながら、再びうつらうつらと微《ま》睡《どろ》むのだった。


遅い朝食を部屋で食べ、軽く体を清めた後、オラントはルルを連れて宮殿を案内した。隣国だというのに、コサスタとはまるで違うトスケの建築や芸術、空気を、ルルは楽しげに隅々まで観察していた。

「ああ、これがトスケ王国原産の花、テリップですね」

「そうだ。これからこの花を主役にした祭りが国中で開かれる。春の一大イベントだ」

トスケを訪れる観光客も増え、国中が賑やかになる行事である。宮殿の中庭でも広大な面積の花畑があり、そこで見るテリップは壮観だった。

鮮やかな赤や黄色、紫などの丸く可愛らしいフォルムの花々を眺めて、ルルはほうとため息をつく。

「生まれてこの方、コサスタを出たことのない私が、こうして異国の宮殿で暮らす人と一緒になるなんて……少し前の私に言っても、絶対に信じないでしょう」

「そうだろうな。君はエルシと結婚する未来しかないと思い込んでいたのだし、国外へ出る予定もなかったのだから」

ルルは頷き、灰色の瞳を憂鬱に揺らす。

「自分の国の人とですら満足に会話もできないのに、異国の人となんてまるで噛み合わないだろうと思いましたし……言葉は話せますが、それを上手く使うことは私にはできませんから」

「しかし、ふしぎと俺とは最初から噛み合っていたじゃないか。やはり運命だな」

「噛み合っていましたか……？　あなたがそう思うのなら、そうなんでしょうけれど」

否定的な響きを帯びた声に、オラントは動揺した。

「ち、違うのか。俺と会話していて、君は楽しくなかったか」

「楽しかったですよ。特にトスケ古語はもう、素晴らしかったです。ただ、人との会話は、たとえ私が楽しいと思っても、相手が楽しくない場合がほとんどですから。私が楽しくないと感じた場合、直ちにやめてしまいますが、普通の人は礼儀としてつまらない会話も続けるじゃありませんか。ですから、私には、相手が楽しいと思っているかどうか、わからないのです」

ああ、そういうことか、とオラントは胸を撫で下ろす。

「安心しろ。俺は君となら何を話していても楽しい。君のものの見方は実に面白いからな」

「価値観の合わない相手と話していると疲れませんか」

「中途半端に合わないならそうだろうが、君は時折別の星から来たのかと思うくらいに視点が違うからな。いつも新鮮なんだ。もちろん、君は率直だから俺がダメージを食らうこともあるが、それも面白いと思えるんだ」

「オラント……あなたはとても変わっていますね。私をそんな風に受け入れられるなんて。きっと私以上の変わり者です」

ルルは警戒心を完全に解いたときだけに見せる、実に愛らしい微笑を浮かべてオラントを見上げた。

オラントは分厚い胸の奥を熱く震わせ、花畑の真ん中で恋人を抱き締めた。

ついこの前、唯一の家族だった父にあまりに残酷な裏切られ方をしたとは思えない、無垢な微笑みだ。もっと笑って欲しい、自分の側で。オラントは切にそう願う。

「何度も言っているだろう。俺はずっと君の側にいる。君の家族だ。どんなときでも、一緒に生きていくんだ。俺は君を愛しているんだから」

ルルは瞳を潤ませ、恥じらうように瞼を伏せた。

「ありがとうございます。私も……きっと、あなたを愛しています。オラント」

オラントは小さく笑った。その曖昧に聞こえる表現が、自分の心すらも把握するのが苦手なルルらしい。

(君は自分の心が白くなどないと言ったが……やはり、君は純白だ。純白の花嫁……それは君以外に存在しない)

どこまでも正直で、そして純粋なルル。嘘をつけないルルの「きっと、あなたを愛しています」という言葉だから、ただの愛を語る台詞よりも響くのだ。

真白き花嫁に、オラントは一層愛しさを覚え、甘い幸福を味わうのだった。

あとがき

こんにちは。丸木《まるき》です。

今回書いたヒロインは、今までの中でいちばんの変わり者のような気がします。今までのヒロインでいちばん奥手、というか異性に興味がないタイプでありながら、今までいちばん喘ぎ声に遠慮がないという。十中八九修正依頼が来るかなと思ったらそのまま通していただけたので、たまにはこういうのも楽しんでいただけたら、と思います。

ルルが作中でこだわっている言語や発音に関する演説ですが、私も以前少しかじったことがありまして、世界には本当に様々な発音の方法があるんだなあと感じ入ったものでした。喋り慣れているはずの日本語でも、その発音をするときに舌はどこにあるのか、唇はどうなっているのか、声門は、歯は、などと細かく分類していると、意識せずに色々と使い分けているのだなあと驚きます。

それにしても、言語というものは生まれ持った素養によって習得にかかる時間にかなり差が出るものですね。ヨーロッパの方はある程度周辺国の言語が似通っているために複数喋れる人もさほど珍しくないようですが、知人にイギリスで生まれ、ドイツとブラジルで暮らし、数年前に日本に来て、今までいた国々の言葉に加えて日本語もすでにマスターしてしまった人がいて、ひっくり返ってしまいます。羨ましい。とはいっても、彼はルル同様に社交的ではまったくないので、言語を学ぶことが好きでも、それを実際に使いたいとはあまり思わないようで。学ぶこと自体が好きなんですね。

ルルは言語に色や香りを感じますが、私も日本語の文章に味わいを感じます。読んでいてなんて心地いいのだろうと思うと、「美味しい」と感じたりします。実際にしょっぱいだの酸っぱいだのと思うわけではないのですが、まろやかだったり、粘ついていたり、乾いた食感だったり、けれど好みの文章はとにかく美味しい！　ふしぎですね。

皆様は五感で感じるようなこだわりの対象、ありますでしょうか。

最後に、この本をお手にとってくださった皆様、優しく可愛らしくも艶のある素晴らしい絵を描いてくださった神馬《しんま》なは先生、熱心かつ気持ちのいい仕事をしてくださった編集のFさま、本当にありがとうございます。

またどこかでお会いできることを願っております。

白《しろ》薔《ば》薇《ら》の花《はな》嫁《よめ》
異《い》国《こく》の貴《き》公《こう》子《し》は
無《む》垢《く》で淫《みだ》らな令《れい》嬢《じょう》に溺《おぼ》れる

ティアラ文庫をお買いあげいただき、ありがとうございます。
この作品を読んでのご意見・ご感想をお待ちしております。

✦ ファンレターの宛先 ✦
〒102-0072　東京都千代田区飯田橋3-3-1
プランタン出版　ティアラ文庫編集部気付
丸木文華先生係／神馬なは先生係

ティアラ文庫Webサイト
https://tiara.l-ecrin.jp/

著者——丸木文華（まるき ぶんげ）
挿絵——神馬なは（しんま なわ）
発行——プランタン出版
発売——フランス書院
〒102-0072　東京都千代田区飯田橋3-3-1
電話（営業）03-5226-5744
（編集）03-5226-5742
印刷——誠宏印刷
製本——若林製本工場

ISBN978-4-8296-6978-5 C0193

落丁・乱丁本は当社営業部宛にお送りください。お取替えいたします。
定価・発行日はカバーに表示してあります。